育休刑事《デカ》

（諸事情により育休延長中）

似鳥 鶏

角川文庫
23625

目次

世界最大の「不可能」

1

風呂《ふろ》とは、入浴とは何だろうか。

入浴の歴史は西洋に始まり、紀元前四千年にさかのぼる。古代メソポタミアの遺跡に沐浴《もくよく》用の「浴室」が確認されたのである。薪《まき》で温めた「湯」を使う温浴も紀元前二千年あたりには存在していたようだ。古代ギリシャの遺跡からはシャワーの描かれた陶器画も発見されており、そして古代ローマに至り、入浴の文化が花開く。大きな公衆浴場に湯を張り、湯を沸かした熱で床暖房までやっていたというから驚く。入浴は単に体を清潔にするためだけのものから、リラックスできる社交場、娯楽施設の顔を持つようになった。もっとも娯楽化しすぎたせいで売春が増え、ハドリアヌス帝が混浴禁止令を出したりしている。西洋ではペストの流行もあり、キリスト教の浸透とともに「裸になるため不道徳な」入浴文化は廃れるが、日本には六世紀に中国から仏教とともに伝来したとされ、寺などが浴堂を造り入浴を振舞うようになる。仏教では清浄を是としたし、風呂は「七病を除き七徳を得る」として、健康増進のために有効であることが経験的に知られていた。ただし当時の「風呂」は蒸し風呂のことで、現代のような「湯」が一般化するのは江戸《えど》時代の話だ。「町湯」という形で銭湯が普及し始め、庶民の間にも入浴が定着する。その後ヨーロッパでもようやく衛生上の必要性が認識され、産業革命以後に普及することになる。イギリスが1875年に制定した公衆衛生法で入浴を奨励したのも、入浴の習慣のあるユダヤ人にペストの被害が少なかったためと言われている。清潔ひいては健康のためのセルフケア。リラックスできる愉《たの》しい時間。魂の洗濯。人によってはそうだろう。自分のためだけに、好きなだけ時間を使って入浴できる立場の人にとっては。

だが別の立場の人にとっては、「入浴」は手間と労力と危険が伴う一日のうちで最大のミッションとなる。――つまり、育児や介護をする人にとっては。

うちの浴室は元々寒い上に今日は涼しいのでミッションの難度が上がっている。服を脱がすまではまあいい。脱がせたらうんちをしていたことに気付いたので、ついでにおしりを綺麗《きれい》にし、おむつ袋に丸めたおむつをねじ込みつつ迷った末「このまま外に置いとくとにおいが溜《た》まるからやっぱり」と考え直し、片手で裸の蓮《れん》くんを抱いて寒いね、ごめんね、と言いながらリビングに駆け込んでおむつポストに捨ててきたのもまあ想定内だ。薄暗く冷めている浴室の照明をつけて暖房で空気を温め、抱っこして浴槽に入る。膝《ひざ》の上に置いてお湯をぱちゃぱちゃさせたり胸を支えてうつ伏せに浮かせたりするとわりとご機嫌になる。お湯の中でおしっこはともかくうんちをされたことはまだないが、いつかはされるだろうと覚悟はしている。だが、ここからが問題だった。

mission1　赤ちゃんの危険を排除しつつ自分の体を洗え。

赤ちゃんは生後十ヶ月。周囲のものに興味津々で常に高速ハイハイで動き回るものと仮定する。顔に泡や湯がつくとギャン泣きするので避けること。体重は9．1kgとする。

もちろん外に置いておくことはできない。目を離せばすぐにどこかに這《は》っていって「普段触らせてもらえないもの」に触れようと手を伸ばす。でなければ泣くかだ。かといって浴室内のどこに置いておくかも難しい。床に置けばお湯がかかって泣く。だが特に広くもない集合住宅の浴室内には「お湯がかからない位置」などない。壁に赤ちゃんホルダーでも付けられればいいがそんなものはないし、浴槽に蓋《ふた》をしてそこに置くのも危険でできない。うちの蓮くんはハイハイの達人で、計測してみたら最高で秒速1メートル＝時速3．6キロメートル出ていた。これはゾウガメやペンギンの全速力よりだいぶ速く、[*1]「ゆっくり歩く成人」と大差ない。その速度でランダムに動き回るのだ。蓋の上など床より十センチ以上高いところには置けない。蓋がずれてお湯に落ちればそのまま静かに溺死《できし》するし、そうでなくともすぐに縁から落下するだろう。この時期の赤ち

＊1　ペンギンは歩くと時速2キロくらいしか出ないので、急ぐ時は腹で滑る。

ゃんは目の前に奈落《ならく》が口を開いていてもまっすぐ這っていき、そのまま何の躊躇《ため》いもなく落下する。どうしてそうまで積極的に死のうとするのか理解に苦しむが、要するに好奇心を持ち移動能力がついたのに、警戒心が育っていないのである。であれば仕方がない。好奇心より先に警戒心が育ってしまうと何も覚えなくなり結局生きていけないからだ。

　ではどうすればいいかというとどうにもならない。不可能指令。こういう時に頼れるのは肉体しかない。9．1㎏を片手で抱っこしたまもう片方の手で石鹸《せっけん》を使い、左手で抱っこして右半身を、右手の抱っこにシフトして左半身を順番に洗うことになる。自分の体を縦に二等分するというのは妙な感覚だ。時折じたばたされるが手首と指と前腕の力でなんとかする。問題は頭を洗う間だ。泡立てるのはゆっくりやれば片手でできるが、流す間、視界が塞《ふさ》がるのはどうしようもない。一瞬だから、と浴槽の蓋の上に置けば赤ちゃんはその一瞬で落ちるかもしれず、体重のバランス上、落ちるときは必ず顔か頭から落ちる。一瞬も無理なのだ。ではどうするか。早業でなんとかするしかない。俺は風呂椅子を浴槽の蓋の上に上げてスペースを確保し、お湯で床を温めてから蓮くんを座らせ、自分は反対側の隅に移動すると床の上に小さくうずくまって全速力でシャワーを頭にかけた。泡よ流れろ。早く。しかし今日は蓮くんがすぐこちらに這ってきてしまったようで、シャワーのホースが引っぱられる感触の後、お湯がかかった蓮くんが泣きだした。自分の顔を拭《ふ》くのは後回しにし、目にぼたぼたお湯が入ってしびしびするのをこらえつつ抱っこして慰める。「かかっちゃったねー。ごめんね。ほらうりうりうりうりびゃー」

これほどどうしようもない「ごめんね」はこの世にない。目が痛いが拭《ぬぐ》う余裕はない。蓮くんはもう泣いているのでいっそのことそのまま洗ってしまうことにする。赤ちゃん用石鹸で優しく丁寧に腋《わき》の下、股《また》、首の後ろと洗う。赤ちゃんは肌が敏感で弱く、洗わないとすぐ肌が荒れるくせに洗うと泣く。頭もよく洗わないといけない。お湯が入らないよう仰向《あおむ》けにして後頭部を摑《つか》み、片手で両耳を一度に塞いで泡を流すやり方は父親学級で習った。[*2]手の大きさが必要なので女性だと困難な荒業だが頭が大きく重くなってきたので俺もそろそろ手が攣《つ》りそうではある。顔についたお湯をすぐ拭き、その頃には泣き止んだが、次がある。

mission2　赤ちゃんを冷やさずに自分と赤ちゃんの体を拭いて服を着せろ。

外気温は17℃。浴室暖房有り、脱衣室には暖房設備はないものとする。

＊2　中耳炎は風邪などの時に細菌やウィルスが喉《のど》や鼻の奥から侵入することで起こるものであり、「お湯が耳に入ると中耳炎になる」は間違い。水道水が少しぐらい赤ちゃんの耳に入っても何の問題もなく、単に泣くだけである。

これがまた大変だったりする。赤ちゃんを濡《ぬ》れたまま置いておくことはできないから先に拭くのだが、こちらが濡れているまま赤ちゃんを抱っこするとまた濡れてしまい永久ループとなるので抱っこはできない。だがうちの蓮くんは抱っこしていないと泣く。これもやはり不可能指令である。脱衣室に暖房はないのでドアを全開にして浴室の湯気と熱気を少しでも流す。だが蓮くんを拭き終えても、続いて自分をゆっくり拭く余裕はない。仕方がないので雑にタオルを当てただけで、すぐ暖房のあるリビングに抱いていく。髪を乾かす暇はなく、服を着る暇もないのでまだ全裸のままである。急がないと父子共にどんどん冷えていく。急いでベビークリームを塗り、おむつを穿《は》かせようと仰向きにしたら、おしっこがささやかな放物線を描いてちゃー、と飛んだ。赤ちゃんはなぜかおむつを外した瞬間におしっこをする不思議な生き物なので狼狽《ろうばい》はしない。「だよね？　読めてた」と頷《うなず》きおしっこが終わるまで待ち、あらためて体を拭いておむつと服を着せ、敷いていたバスタオルを丸めて洗濯機に放り込む。ちなみに俺はまだ全裸である。そろそろ冷えてきた。だが蓮くんは目を閉じてかくん、と動かなくなっている。浴槽の中でも眠たそうにしていたし、現在午後零時四十分。[*3] やや早いがお昼寝のタイミングだ。お昼ごはんに納豆を食べさせたら地獄絵図になったための入浴で時間的にはイレギュラーだったが、今日はもうお風呂を済ませた、と思うとほっとする。子供が生まれる前は「一日の疲れをゆっくり溶かす」ように入浴していた。今思えば幸せなことだった。それがまたできるのはいつの日だろうか。髪をセットしたり風呂上がりにスキンケアをする余裕などない日々。育児を始めた人間はしばしば三、四年で急激に老けるが、原因は睡眠不足だけでなく、こうした日々のセルフケア不足にあるのではないかと思う。では俺も先に子供ができた親戚《しんせき》友人同様、老けるのだろうか。だが蓮くんは気持ちよさそうに寝始めた。この子は背中スイッチ[*4]が非接触式なので普段は布団に「置こうとする」だけで目を覚まして泣くのだが、こういう場合は置いてもそのまま寝ていてくれる。寝ていてくれるはずだ。ほら！　やった！　と、解放された両腕でガッツポーズする。ちなみにまだ全裸である。腕を揉《も》む。今日は機嫌が悪めでずっと抱っこしていた。だがこれで一時間は自由だ。

と思ったら携帯がテーブルの上で震え始めた。いま鳴るなやめろ！　と慌てて手に取るが、震え続ける携帯の画面には「係長」と表示されている。出ないわけにはいかなかった。忍者のごとく爪先《つまさき》の忍び歩きで蓮くんから離れ、壁際にしゃがみこんで小声で応

＊3　柔らかい上に栄養のある納豆は離乳食として優秀で、好きな赤ちゃんも多い。ちなみにこの時期の赤ちゃんは「手づかみ食べ」「遊び食べ」を通して好奇心を充たし、「自分で食べる」ことを学んでいく。結果はお察しの通りである。

＊4　「抱っこしていたら眠った赤ちゃん」は、布団に置いた途端に目を覚まして泣く。まるで「押すと起きて泣くスイッチ」が背中についているかのようなのでこう呼ばれる。

答する。「もしもし」

——おう吉野《よしの》。今、手、空いてるな？

声がでけえよ！　と心の中だけで叫んだが、案の定後ろから「えええええ」と泣き声が聞こえてきた。育児は二十四時間勤務で、休憩時間は子供が寝ている時だけ。つまり今、俺は午前中働いてようやく始まった昼休憩を二秒で終わりにさせられ午後の業務に入らされたところなのだが、相手が上司であれば不機嫌な声は出せなかった。ついでに言うと「吉野」は旧姓で今は「秋月《あきづき》」なのだがそれを言っている余裕もなかった。全裸のまま電話をしながら戻り、蓮くんの後頭部、背中、お尻《しり》、と差し込んだ手をずらして片手で抱き上げる。新生児の頃は簡単だったこの抱き上げ方もそろそろ困難になってきた。「何か御用で」

——同期の室田《むろた》さんから相談されてな。赤ん坊絡みの問題がある。お前の意見を聞きたい。

「今ですか。ちょっと手が離せないのですが」電話のせいで離せなくなった。ちなみに服を着る暇がなくまだ全裸だ。泣き止んだ蓮くんに胸をぺちぺちされている。長くなりそうなので仕方なく、今月に入ってからは使っていなかったエアコンをオンにする。「子供から目を離せませんし」

——ああ。だから臨場して参考意見をくれりゃいい。本来は三課の案件だからそう気負わなくていいしな。

三課の案件ならなぜ手を出す、と言いたかったが、この石蕗《つわぶき》係長は仕事が忙しくなればなるほど上機嫌になるタイプで万有引力に従うがごとくに仕事のある方へ寄っていくし、忙しさが一定レベルを超えると歌いだす。そして恐るべきことに、自分のことを「育児にも理解のある柔軟な上司」だと認識しているふしがある。

「……ですから今、子供が」なぜか蓮くんはご機嫌で携帯に手を伸ばしてくる。

――そのへんの事情は説明してあるから大丈夫だ。連れてきていいぞ。

「いえ」いいも何も「置いていく」という選択肢がそもそもありえない。

――迎えにも行く。……今、着いた。

「はい？」

どういうことですか、と問う前に、電話は一方的に切られてしまった。

溜《た》め息が出る。俺はまだ全裸である。

急がなければならなかった。係長が来る。なぜか係長の声を聞くとご機嫌になるため、いささか理不尽ながら蓮くんからは少し目を離していられる。着るつもりだった部屋着は無視して急いでシャツとパンツを身に着け、お出かけ用バッグを摑む。着替えに母子手帳に液体ミルク二缶に専用乳首におむつ数枚におしり拭きにおむつ袋にミニタオル三枚にストローマグと麦茶とおもちゃを全部突っ込んだ巨大なバッグである。そこでもうチャイムが鳴る。

「よう吉野。調子どうだ」

無駄に男前な石蕗係長は俺を旧姓で呼び、隣にいる三十代くらいの男性を紹介する。

「こちら、南《みなみ》署三係の妹背《いもせ》巡査長だ」

敬礼されたので、仕方なく蓮くんを抱いたまま敬礼を返した。

「県警本部捜査一課、第七強行犯捜査四係所属、秋月春風《はると》巡査部長です」いいかげん秋月姓で呼べ、というプレッシャーを係長にかけるが、蛙の面に小便といった感じだった。

なので付け加える。「現在、育児休業中であります」

2

「ここまでしか届かないぞ。ベルト通す場所間違ってないか？　最近は裁判所がうるさいからな。任同もやらないで自宅で任意聴取という形なんだが。……ん？　そっちじゃないんじゃないか」

「いえこれでいいはずです。目撃者確保してるのに逮捕状《フダ》出ないんですか？……そちら、一度緩めてからもう一回伸ばしてもらえますか」

「ん？　スイッチってこれか？　動機面が弱いらしい。被疑者の家は裕福だからな。おいこれ押しても下がらないぞ」

「押しながら回すんです。被疑者が専業主婦なら、財布を夫に握られていたのでは？　主婦仲間がそこらへん証言してませんか。……あ、これでいいんです。これ以上きつくはならないので」

「本当かよ。動くぞ。そのあたりも調べてるが、近所付き合いがほとんどなかった様子でな。……これでこのベルト締めればいいのか。ややこしかったな」

物騒な話をしながら何をしているかといえば、迎えに来た車に蓮くんを乗せるため、うちの車に載せていたチャイルドシートを持ってきて装着しているのである。警察官が道交法違反をするわけにはいかないので[*5]仕方がなかったのだが、チャイルドシートというものは着脱が難しい上に重いことが多く、両側の後部ドアを開け放して係長と二人、後部座席に頭を突っ込んで奮闘すること十五分。シートに座らせておいた蓮くんが落ちそうになること四回、なんとか装着完了して「出動準備」が整った時には肌寒い日なのに汗で背中がしっとりしていた。手伝ってくれた係長の方は「パズルみたいだな！」となぜか楽しそうだったが、後ろでただ立って見ているしかない妹背巡査長は手も出せず、ずっと困っている様子だった。「自分が先に動いてしまって部下を手隙にさせ、いたたまれなくさせるタイプの上司」である。

「よし吉野乗れ。まだ被疑者宅で任意聴取してるはずだ。間に合う」

了解、と応《こた》えて蓮くんをチャイルドシートに乗せ、隣に座る。警部補である係長が助

＊5　6歳未満の子供を乗せる時はチャイルドシートの装着が必要（道路交通法第71条の3第3項）。

手席で俺が後部座席。居心地が悪いが他にやりようがない。

「被疑者宅までは十五分かからん。すまんが頼む」

少しもすまなそうでない様子で言われるが、「いえ」と応えざるを得ない。妹背巡査長の運転で車が走り出す。蓮くんはダッシュボードに搭載された無線機を指さして「きゃ!」とご機嫌である。せっかく寝てくれたところだったのに、という恨み言はもう呑《の》み込んだ。

「……係長。赤ん坊絡み、というのは」

あやす必要はなさそうだ。俺は身を乗り出して助手席の係長に訊《き》く。

「基本的なところから整理するぞ。本件は空き巣だ。現場は田端《たばた》一丁目の『いとう整形外科』。先週金曜の朝、裏口の鍵《かぎ》が開いていて事務室に保管していた現金四十一万円がなくなっているのを、出勤してきた事務員が発見した。前日の木曜は午前診療だけで閉めたから、その後にやられたんだな」捜査一課が担当しない窃盗事件なのに、係長はすらすら話す。うちの息子の名前は未《いま》だに間違えるくせに、仕事に関することは一度で覚えるのだ。「ただ、事務員によれば木曜は表口も裏口もきちんと施錠して出たらしい。鍵の管理はちゃんとしていたし、鍵はそう簡単に開けられるタイプのものじゃないし、錠周囲にいじった痕跡《こんせき》もない。となると、どうもこれは中から開けたんだろうって話だ」

「あー。あっぱ」

「そうだ。診療時間内に堂々と表口から侵入し、トイレか物置にでも隠れて閉まるまで待つ。従業員が全員帰れば、その後好きなだけ物色できる」

「あっぱ。うー。きゃ？」

「その通り。クリニックだから建物内は診療が終わった後に掃除と消毒をするよな。その時にどこに隠れていればやりすごせるかを知っていたってことになる。防犯カメラも死角を抜けたようだったしな。そもそも普通のクリニックは現金を四十一万も置きっぱなしにしない。ここはだいぶズボラで、それを知っていたから狙った、ということだろう」

「ぱ、ぱ！　あ！　あーぱ！」

「もちろんだ。南署の見解もそれで一致してる」

「誰と話してるんですか？」

「息子、理解が早いじゃないか。筋がいいぞ。ははは」やはりハイになっているようだ。そういえば四係はここしばらく、厄介な事件を担当していなかったらしい。物足りなかったのだろう。「というわけで、浮かんだのが元事務員の阿出川《あでがわ》ってわけだ」

そこから先の話はチャイルドシートを着けている間に、ブツ切りながら聞いている。阿出川香里《かおり》（38）。被害に遭った「いとう整形外科」の元事務員で、二年前に銀行員の夫と結婚して退職。現在は専業主婦で生後十ヶ月の赤ちゃんがいるが、親戚《しんせき》・友人の複数から「金に困っていたようだ」という証言が得られている上、木曜の十二時十五分頃、現場付近で彼女を見たという証言もある。クリニックが閉まるのが十二時三十分。無人になったのが十三時十五分頃。犯行時刻がその時だとすれば時間帯的にも一致する。そもそも自宅から車で一時間近くかかる元職場付近にいる理由がない——となれば決定的で、南署の担当者は逮捕状の請求を主張したそうだが、三係長である室田警部補は慎重だった。

目撃された時、阿出川は赤ちゃんを抱いていた、というのである。

「これから窃盗に入ろうって奴が赤ん坊連れてくわけがない」係長はなぜか俺ではなく蓮くんに言っている。「それに侵入から最短でも一時間。たまたま従業員が残っていれば二時間は隠れてなきゃならん。その間、連れていた赤ん坊はどこかに置いてきたはずなんだが……」

そこでもう分かる。ど、どこかに置い、て、きた、、、だって？

「無理です。ありえない」

十秒間、目を離すだけで死にかねない生き物なのだ。最低でも一時間、下手をすると二時間もかかる犯行の間、ずっとどこかに置いておくことなど不可能に決まっている。

「誰でもいいから最低一人、見ていてくれる大人がいなければ不可能です。心理的にありえない」だが。カーブでかかるGでずれた尻《しり》を戻しながら考える。「阿出川は孤立気味だったんですよね？　そういうことを頼める人間はいなかったんじゃないですか？　だからこそ現場まで連れてきた」

「阿出川もそう主張している。『子供から目が離せない』。だが子供を抱いたままじゃ犯行は不可能だ。いつ泣きだすかも分からんだろ？　そのくらいだと」

係長は顎《あご》をしゃくって蓮くんを見る。確かにそうだ。眠っていたとしても、いつ起きるか分からないのだから同じことだった。育児中の人間は移動範囲が限られている。赤ちゃんから最長で十メートルほど。いつでも様子を確認できて、泣いたらすぐに駆けつけられる範囲。船外活動《EVA》中の宇宙飛行士よろしく命綱《テザー》で繋《つな》がれている、と言ってもいい。

赤ちゃんを連れていては犯行ができない。だが赤ちゃんを預ける場所がない。

「……まるで不可能犯罪ですね」

妹背巡査長が振り返り、にやりとして言う。突然口をはさんできたことからしてどうも、ずっとそれを言うタイミングを窺《うかが》っていたらしい。

そんなミステリじゃないんですから、と思ったが、口には出せなかった。確かにその通りだからだ。「赤ちゃんを連れているから犯行不可能」。密室でもアリバイでもない、聞いたことのないタイプの不可能犯罪だ。

「吉野の主観からすれば赤ん坊を置いておくことはありえない、っていうのは分かったが」係長は前を向いた。「阿出川もそうだとは限らんぞ。危険を承知で二時間、赤ん坊をどこかに置いていったのかもしれん。『トレインスポッティング』[*6]の女みたいなのも

＊6　アリソン（スーザン・ヴィルダー）。ヘロイン依存症の女性で、ヘロインで酔っぱらい続けた結果、放置していた赤ちゃんを死なせてしまう。

いるだろう」

それを言われて冷静になった。確かにそうなのだ。だが。「割合、少ないですよ。普通は無理です」

「阿出川がその『普通』かどうかが分からん。なんせ泥棒だからな。だからお前に来てもらったんだ。育児経験者の目でそこを判断してくれ」係長は言った。振り返ってはいないが、ルームミラー越しにこちらを見たのは分かった。「すまんが頼む。実績にもなる」

鑑定人か何かだと思われているのだろうか、と思う。育児は家ごと、子供ごとに全く違うので一般化できないということを、たぶん係長は分かっていない。それ以前に、三係内に一人もいないのだろうか。育児経験者が。溜《た》め息が出る。だが。

「……了解」

そう応えるしかなかった。上司の命令であるとか、蓮くんが捜査車両に乗せてもらってご機嫌だとか、そういう理由だけではない。俺が捜査一課に戻れるか否かがかかっている。県警本部捜査一課の男性で初の育休取得者という異例の存在である俺には、確かに「実績」が必要なのだった。

例えば、現代日本でアンケートを取ったら、おそらくこのくらいの結果になる。

Q：男性の公務員が一年以上の育休を取ることをどう思いますか？

Ａ：賛成（60％）　どちらでもない（25％）　反対（15％）
Ｑ：ではそれが捜査一課の刑事だとしたら？
Ａ：それでも同じく賛成（30％）　さすがに捜査一課はない（55％）　そもそも男性公務員の育休取得に反対（15％）

捜査一課刑事も労働基準法や育児・介護休業法が適用される労働者なのだが、世間はたぶん許さず「それなら別部署に行けばいい」あたりが「常識的な意見」として扱われるだろう。だがそうだとすれば、労働者側は「育児をしたければ捜査一課は諦《あきら》めなくてはならない」ということになり、組織側は「育児をする人間はどんなに適性があっても捜査一課には起用できない」ことになってしまう。自分がそこまで有能だとはまったく思っていないが、それでもこれは双方にとって不利益である。だから俺は妻と相談して育休取得に踏み切った。

当然、男社会そのものである警察組織の中でそれを応援してくれる人はごく少数だった。言いだした当初は、俺に向けられたのは「困惑」と「心配」だった。「あいつは働きすぎでおかしくなった」のだと本気で信じ「落ち着け」「まず医者に行け」と本気で言ってきた奴もいたくらいだ。そして俺が本気だと知るやそれは「敵意」と「憐憫《れんびん》」に変わった。わけのわからないことをする奴。刑事としてはもう「終わった」奴。どうせ妻にねだられて折れたのだろう。あいつは男としても「終わった」。聞こえよがしにそういうことを言う奴もいた。この頃の苦労を長々と語る気はないが、尊敬していた、あるいは仲間だと思っていた同僚の大半に背中を向けられたのが一番辛《つら》かった。残ったのは石蕗係長を始めとする数人だけだ。

　それでも育休を取得するところまでは一年以上にわたる事前の根回しと「法令遵守」のゴリ押しで実現させた。だがその後が問題だった。育休明けで復職した俺が元通り捜査一課に戻れるかどうかについてははなはだ望み薄だったからだ。育休が明けたところで、現在の勤務時間と通勤時間を考えると、どう頑張っても俺が保育園の送り迎えに間に合うよう時短勤務をせざるを得ないのだが、「時短勤務をする捜査一課刑事」などというものは警察組織はもとより、納税者たる一般国民ですら想定していないだろう。

　では、俺の扱いはどうなるか？

　育児・介護休業法は「育児休業をしたことを理由として、当該労働者に対して解雇その他不利益な取扱いをしてはならない」（第10条）と定めているし、その例として「不利益な配置の変更」も挙げている。だが特に減給があるわけでもなく、出世という観点から見れば昇任試験の勉強をする暇がなくむしろ不利な捜査一課から事務方に配置転換することは、法的評価として「不利益な配置の変更」とは言い難い。もちろん俺は捜査一課にいたいし、「不利益」か否かについては本人の精神的な不利益も考慮される。指針では「原職又は原職相当職に復帰させる」ことを原則とせよ、ともされている[*7]。だから上も迷っているらしい。「育休刑事」だけでも無理があるのに「時短刑事」は到底許容される「空気」がない。だが一方で役所、それも警察が法令違反をするわけにはいかない。世間にはコンプライアンスの流れもある。

　こういう場合、組織というものは「一番弱いところ」に働きかけて片付けようとするものだ。つまり俺という個人である。俺一人が捜査一課からの配置転換を希望してくれさえすればすべてが丸く収まる。だからどうか自主的に配置転換を望むように、と言われてもいる。

　俺個人としては、そこまでして警察組織を相手に「戦う」つもりはない。だが捜査一課は、警察官なら誰でも一度は憧《あこが》れる部署だ。「本人の強い希望」だけでなれるわけではなく、実績と研修を経て所轄の刑事になり、さらにそこから実績を得ることができた一部の人間しか配属されない。やめたいやつはまずいない。育休を取りたければ捜査一課をやめるしかない、ということになれば、結局、育休を取れないのと同じだ。それでは意味がない。

　俺は人並みに仕事に熱意があるし、捜査一課のために役に立ちたいと思っている。だ

＊7　子の養育又は家族の介護を行い、又は行うこととなる労働者の職業生活と家庭生活との両立が図られるようにするために事業主が講ずべき措置等に関する指針（平成21年12月28日号外厚生労働省告示第５０９号）

から「勤務体制の不備」のせいでせっかく育てた人材が退職してしまったり配置転換を余儀なくさせられたりするという、現在の不利益を解消したかった。同様の考えは幹部の一部にもあるようで、「せっかくだから、これを期に刑事部の捜査員にも時短勤務の制度を作ってみてはどうか」と提案する人が警察庁の方にいるらしい。係長と話していると忘れてしまうが、俺はそうした幹部の意向と、「ありえない」「組織に弓を引いた」と敵視してくる現場の空気に挟まれて火だるまになっている最中だった。

もともと、そうなることは分かっていた。望んで火だるまになった。組織のために。

その結果が現在の育休延長だった。

窓の外を見る。川沿いの桜並木はとっくに時季を過ぎ、すでにどの樹もほとんど葉だけになってしまっている。四月上旬、保活はしたものの第一希望の保育園が職員の急病によるスタッフ不足で定員減になり、〇歳児クラスの抽選には落ちていた。「自宅からも最寄駅からも片道三十分かかる認可保育所に預けるか、保育料が倍かかるのに敷地は半分しかない無認可に預けるか」と悩む状態に加えて係長から「今すぐだと捜査一課復帰は難しい」と言われたこともあって、結局俺は第一希望の園に職員が戻り入園枠ができる予定だという九月に入園させることにし、育休を延長した。つまり現在は「育休刑事」ならぬ「育休延長刑事」なのだ。そしてそこから「時短刑事」に移行するためには、ただ制度ができるのを待てばいいわけではなかった。待っていてもいつできるか分かったものではないのだ。係長からも「育児中の人間を起用できることの有用性」を周囲に示さなければ難しい、と言われている。つまり実績をあげろということだ。育休中に。

だから係長は、俺が活躍できるよう仕事を持ってきてくれる。顔の広さを活《い》かし、育児経験が活かせそうな件であれば所轄事件でも他課の事件でもお構いなしに。俺の現在の立場からすれば、係長には感謝しなければならないのだ。

……という形になっているのだが。

警察組織のど真ん中から出て十ヶ月。世間一般の常識の感覚が少しずつ戻り始めている俺は、今の自分が置かれている状況が「おかしいものである」ということも理解していた。休業中だ。休暇ではない。育児という別の業務をするために元の業務を停止しているのだ。なのに何だ、これは。

仕方がないのは分かっている。だから、やる。それはたぶん、世界一かわいいこの子のためでもある。

蓮くんと一緒にちょっと寝るつもりでいた俺は、こみ上げてくる欠伸《あくび》を嚙み殺した。とにかく本件を片付けなければ、落ち着いてミルクをあげることもできない。

「ぱ、ぱ」

蓮くんが手を伸ばし、俺の袖《そで》に触ろうとする。その手をくすぐり、「は」と笑顔になった息子の頭を撫《な》でる。分かっている。すぐに解決して、家に戻る。

刑事という商売には下衆《げす》なところがあり、他人の家を見るとすぐにその家の収入状況とか居住者の趣味といったものを見定める癖がある。阿出川香里の家は快速停車駅の裏側に広がるわりと高級な住宅地にあり、敷地もそれなりだった。建売ではなく、門扉や玄関の周辺に煉瓦《れんが》があしらわれ、二階の一部にアーチ窓も見られる注文住宅だ。車はボルボのXC60が一台。中流の上、といったところだろうか。真面目に仕事をしているだけの警察官なら、退職前にようやく、という水準だ。装飾の施されたローマ字の表札。庭に並んだメルヘン調の陶器人形。阿出川香里は結婚と同時に退職している。「家のことは妻に任せている」夫と、その収入を頼りに家に閉じこもる妻。典型的な昭和型夫婦といったところか。だとすれば阿出川香里は本当にワンオペで育児をしているのだろう――そう推測していく。現実には異なるケースがいくらでもあるが、その一割より残りの九割を当てにしないと捜査が進まない。警察官の仕事は偏見を積み重ねていくことだと言ってもよかった。

3

インターフォンでやりとりをして玄関に上がる。リビングに男二人と女一人。そして女に抱かれた赤ちゃんが一人。十ヶ月だとすると標準サイズに見える。スーツを着た中年の男二人は同時に立ち上がると警部補である係長に頭を下げ、巡査長である妹背はほぼ無視し、赤ちゃんを抱いた巡査部長である俺に対しては「面倒」を見る目を向けた。二人とも顔は似ていないのに表情は全く同じで、頭の中で何と言っているかが手に取るように分かった。

――げっ。本当に連れてきやがった。

そりゃそうだよな、と思う。二人とも育児経験など皆無だろう。「赤ちゃんから目を離せない」などという阿出川の抗弁は世迷言《よまいごと》にしか聞こえず、とっとと逮捕状をとって自白させる。それが「普通」の刑事の思考だ。石蕗係長に相談したという南署捜査三係の室田という人が変わっているのか、検察に慎重な奴がいて、そいつからNGが出たのだろう。

「本庁の秋月です。こちらは息子の蓮。十ヶ月です」

蓮くんを抱いたまま頭を下げる。阿出川もやはり困惑した様子だったが、主婦の本能だろうか。抱いていた赤ちゃんを床に置き、追加の茶を出そうと台所に駆け込んだ。お構いなく、と言いながら係長はソファに座り、妹背巡査長はソファの後ろに立つ。俺は阿出川の赤ちゃんの前に膝《ひざ》をついた。赤ちゃんはこちらをじっと見上げた後、「ほほう？」という疑問形の顔をしつつ這《は》ってきたので、抱いていた蓮くんと向かいあわせてみる。二人とも特に警戒しあうことなく見つめあっている。十ヶ月の赤ちゃんはまだそう明確に顔の個性が出ておらず、同じタイプの顔だちをしている二人は鏡合わせのように見つめあうが、体格はだいぶ違い、うちの蓮くんが同月齢の赤ちゃんと比べていかに大きいかを実感する。そういえばミルクの飲ませすぎで六ヶ月健診の時に注意されたんだったな、と思い出すが、それは今はいい。捜査対象者がカウンターキッチンにいる隙に部屋の中を観察する。床に一面に敷かれたパステルカラーのウレタンマット。ローテーブルの四隅には衝突防止用のカバー。キッチンの入口にはベビーゲート。ｂｏｍｅの高級バウンサー。メリーは床置き型でベビーベッドはない。そして壁には額装された赤ちゃんの写真。赤ちゃん単体のものがほとんどで、夫が写っているのはおそらく百日祝いの撮影だろう盛装した一枚のみ。プロの写真ではない。阿出川香里が一人で撮影し、印刷し、額装したものだろう。

確認していくにつれてどうしても表情が曇る。どこをどう見ても、阿出川香里は「子供を大切にしている普通の親」だった。ゴミ一つ落ちていない床の様子。棚から覗《のぞ》くベビーパウダーのボトルはオーガニックのものだ。むしろ平均よりだいぶ神経を遣っている方だと言ってもよい。この女が、犯行のためにこの子を二時間も置いておいた、という筋書きには無理がある。

蓮くんが阿出川の赤ちゃんに這っていって手を伸ばす。普通なら止めるが、あえて接触させて阿出川香里の反応を見た。赤ちゃんがよその赤ちゃんと勝手に触れ合うことについては、衛生面や安全性の観点から止める親と、赤ちゃん自身の好奇心等を優先して止めない親がいる。阿出川香里の反応は「いつもなら止めるが、相手が相手だから容認した」といったところだった。無駄にこちらの印象を悪くする必要はないので「すみません」と言い、蓮くんを抱えて下がった。「あ」「あーう」と双方から抗議されたが、親の印象を悪くするのは避けるべきだ。

さてどこから訊《き》けばいいか、と思ったが、南署の二人のうち、茶色のネクタイの方が俺たちを無視して質問を続けた。

「それでですね。ご友人の方は、あなたから『お金を借りられないか』と頼まれた、と言っているわけなんですが」

赤ちゃんの腋《わき》の下を持って引っぱり上げ、膝に座らせて向かいのソファに座った阿出川香里は俺と係長の方をちらりと見たが、いいえ、と呟《つぶや》いて俯《うつむ》いた。「ちょっとすぐ必要になったので」

「しかしですね」青いネクタイの方がかぶせるように言う。「ご友人が頼まれたのは数十万程度だったとのことです。失礼ながら、こうして見た限り、そのくらいの金額でしたら無理なくご用意できると思うのですが」

わざとらしく家の中を見回している。この家が抵当に入っていて実は借金まみれ、といった可能性も、調べによってすでに否定されているらしい。

「……お金は、主人が管理していますので」

「全くないのですか？　ご主人に事情を話せば、七十七万円程度の金額は用意してくれそうですが」

被害金額は四十一万で、これは公開されていない。だが阿出川は、刑事の微妙な誘導尋問にも反応せず、ただ首を振った。「無理です。出してくれるわけありません」

「だから元職場からちょっと借りようと思った？」

「そんなこと、しません」

阿出川は視線を下に向けたまま首を振った。陰気な雰囲気の女だが、気が弱いわけでもなさそうだ。あとで問題にされない程度の威圧では落とせそうにない。

青ネクタイはまだ食い下がる。「では、お金はどうやって用意したんですか」

「友人から借りました」

「その友人の名前は？」

「言えません」

「お金を渡されたのは何日ですか」

「言えません」

「貸してくれ、と頼んだのは？」

「言えません」

困った反応だった。嘘を言ってくれればそれが嘘であるということを調べて証拠にできるが、何も言ってくれなければつけ入る余地がない。だが青ネクタイはまだ粘った。

「言えない理由は？　貸してもらうかわりに、ご主人に言えないことをしたから？」

「今の発言、メモしておきます」

繰り返せば問題になる発言だ。青ネクタイは隣の茶ネクタイに脇腹をつつかれて黙った。阿出川はわざとらしく壁の時計を見て「一時十七分」と呟く。なかなかに手強《てごわ》い。

今度は茶ネクタイが口を開いた。「そうしてまでお金が急遽《きゅうきょ》、必要だったわけですね。何に使われたんです？」

「それは……」

阿出川が視線を泳がせた。さっきと違って「言えません」と即答しなかったということは、「正直に答えたところで自分に不利になりはしないが、他人に言いたくはない事情」ということだろう。つっこんでも鉱脈はなさそうだが、言い淀《よど》んだのを見てやったと思ったのか、青ネクタイの方は身を乗り出して「言えないようなことですか？」と訊き始めた。

俺は腕の中でシャツのボタンを引っぱってかじろうとする蓮くんの腕を持って向きを変え、部屋の中を見させた。我輩はシャツのボタンを齧《かじ》るのである！　と決めていた様子の蓮くんは一瞬、不満そうにしたが、すぐに部屋を見回し始め、「あ」「あ？」と指さし始める。

子供を連れていると周囲の景色の解像度が上がる。自分一人の時は目にも留めない落ち葉の一枚、窓ガラスの汚れ、フローリングの上の何だか分からない白い小さなゴミでも、子供の目線では立派なオブジェクトになるのだ。だから気付くことが色々ある。今だってそうだ。蓮くんが指さした壁際の本棚。漫画と小説と雑誌が三分の一ずつ、といったところだが、気になる本があった。『幸福の法則』宗像幸蘭《むなかたこうらん》著。

俺は阿出川を見る。「宗像幸蘭先生をご存じですか」

阿出川がびくりとしてこちらを見たのは、急に会話に割り込まれたからだけではないようだ。それまでこちらをろくに見ていなかった阿出川は、俺が出した名前に大きく反応した。「あ……はい」

「私はまだ、直接お会いできたことはないのですが」動く蓮くんを引き上げて座り直させる。「すごいらしいですね」

うろ覚えだが、ネットニュースか何かで見た。宗像幸蘭と名乗る六十くらいのこの女は、霊感商法で問題になっている詐欺師だ。祈禱《きとう》料と称して何十万も取ったり、護石と称する石を数百万で売りつけたりする。

そしてそういうものに洗脳されている人間は、信仰にちょっとでも「理解」を示すと途端に警戒を解き、初対面でもいきなり「すべてを理解しあった友人」扱いしてくる。チョロいことこの上ない。「あなたも先生のご教示を？」

「はい。家の者にはなかなか理解されませんが」

「ですよねえ。うちもですよ。一度お会いしてみれば一発で理解するのに、それすらしようとしないで」

突然顔を上げただけでなく、それまでと全く違う口調とはっきりとした声で喋《しゃべ》り始めた阿出川に、南署の二人だけでなく係長と妹背巡査長もぎょっとしたようだった。だが判明した。阿出川香里は霊感商法にはまっている。金が必要だった理由はこれだし、この裕福な家に住んでいてたった四十一万を調達できなかった理由もこれだ。財布を握っている夫が、こんなことのために「自分が稼いだ金」を渡すはずがない。

「直接、ご教示をいただいたんですか？　そのための出費ですか」

「はい。でも幸蘭先生のご厚意で、特別に、格安でやっていただいたんですよ」

南署の二人が顔を見合わせる。これで動機がはっきりした。

だが、俺はいやな予感がしていた。「お子さんに何か起こりそうだ、と言われましたか？」

「はい。私、一度流産しているんです。その時の子がこの子を連れていこうとしていたんです」

事実であるかのように言う。宗像幸蘭とやらがそう言ったのだろう。詐欺師め。

流産自体は極めてありふれた現象だ。医療機関で確認された妊娠の15％が流産になるという統計があるし、妊娠を経験した女性の40％が流産も経験しているという。出産とはもともとそういうものなのだ。だがそのことで罪悪感を抱く女性も多い。意図してスイッチを入れないと自覚がもてない父親と違い、母親は出産前から母親で、妊娠が分かったその時から、子宮の中で日々大きくなる子供とやりとりをしてきている。だから「産んであげられなかった」「もっと気をつけていれば結果は違ったかもしれない」というふうに考えてしまうのも当然といえた。

霊感商法はそこにつけ込む。しかもこういう連中は本人ではなく子供をネタに脅す。

親になれば実感できる。自分より「子供に不幸がある」と言われた方が落ちやすいのだ。

もちろん不法行為だが、刑法上も恐喝罪だろう。相手に自分の素性を信じ込ませた上で「お前はヤクザに目をつけられている。俺は顔がきくから五十万で話をつけてやる。払わなければヤクザに殺されるぞ」と脅すのと、「お前には悪霊がついている。俺は霊が見えるから五十万で祓《はら》ってやる。祓わなければ祟《たた》り殺されるぞ」と脅すのとで、何か違いがあるだろうか？

隣の係長が動くものを見つけたネコの顔になった。恐喝事件だとすれば捜査一課の担当だからだ。もう一つ出てきたぞ、なんならこっちも一緒に初動捜査を、とでも思っているのだろう。そんな「ひき肉も安いからついでに買っておこう」程度のノリで関わる事件を増やしていいものだろうか。そもそも、動機がはっきりしたことでかえって本件の雲行きが怪しくなってきている。

「……お子さんの安全のために、幸蘭先生のご祈禱が必要だったと？」

「はい」阿出川は頷《うなず》いた。「特別に本式でやっていただきましたから。お陰様で何も起きていません」

阿出川は膝《ひざ》の上の赤ちゃんを見る。心底助かった、という顔をしている。嘘ではなさそうだ。

係長がこちらを見た。俺は難しい顔になって頷かざるを得なかった。

阿出川香里はそもそも、子供の安全のために犯行をした。だとすれば、そのために子供を二時間も置いておいた、などということはありえない。一番有力な線が消えてしまった。

　だが、青ネクタイは分かっていないようだった。主役はこっちだ、と言わんばかりに座り直し、口を開く。「事情は分かりました。それがいとう整形外科に侵入した理由ですか」

「ですから」阿出川は一瞬にしてさっきまでの顔と声に戻った。「やっていませんし、できません。子供がいます」

「そんなの置いてけばいいでしょうが」

「そんなの？」

「置いてけば？」

　俺と阿出川が同時に言ったので、青ネクタイはぎょっとしたようだった。「いや、だって二時間くらい」

「二時間くらい？」

「それができたら苦労しません」阿出川も言う。「ちょっと目を離しただけでどこかから落ちそうになったり、ものを口に入れようとしたりするんです。二時間なんて絶対、無理です」

「いや、でも」青ネクタイはあたふたと室内を見回す。「あの柵《さく》とかで囲っとけばいいじゃないですか。でなきゃ、可哀想だけどちょっとの間、紐《ひも》でつないどくとか」

「それで安全だと思ってるんですか?」阿出川の声が強くなる。「ただベッドに寝てるだけでも、何があるか分からないんですよ」

「車ならどうです。連れてってあれの中に置いといたんでしょ」

「もっと無理です」俺も言った。「どこによじ登ってどう落ちるか分からない。シートの間に挟まって出られなくなり窒息するかもしれない。五月ですが、それでも車内なら熱中症の危険もあります。そもそも大声で泣き続けたら車外まで余裕で聞こえますよ」

「寝かしといたらどうです。睡眠薬とかで」

「無理ですよ」

「旦那《だんな》は使えないんですか。二時間くらい」

「仕事です」

阿出川が言う。あまりにもスムーズな一言で、つまり阿出川香里は常日頃から、夫のその一言であらゆる手助けを断られてきたのだろう。

「祖父母とか」

「遠方で来てくれません」

「ベビーシッターとか」

「使ってません。調べてください」

「友達、ほらママ友とか」

「そんな人いません」

「そこらの人に頼めるでしょう。二時間くらい」

「それは難しいですね」さすがに俺も言った。「受ける人はいないでしょう。何かあったら責任がとれない。それにまず棄児を疑われます。通報される危険もある」

するると、青ネクタイがこちらを見た。

「……おい。あんた」

よく見ると、青ネクタイのこめかみには青筋が立っている。俺は腕を摑《つか》まれて立たされ、蓮くんを抱いたままリビングの外に引っぱっていかれる。

廊下でドアを閉めると、青ネクタイが睨《ね》めあげてきた。「おい。あんた。本社から来たんだってな」

「はい」

「いいかげんにしろ。なんで犯人側なんだ？」

「はい……？」

「なんで刑事が犯人と一緒に反論してくるんだ。邪魔をするな」

どっち側、という話ではないだろう。無理筋を押すような無駄は省くべきなのだ。

だがそこまで考えて気付く。なるほどこれは「警察側」の思考ではない。捜査方針に異を唱え、「和を乱して」いる。刑事の感覚からすれば、まずそう考えるべきだったのだ。

自分が「刑事の感覚」から離れていたことを自覚した。だがこれは、本当に悪いことなのだろうか。合理的に考えた結果のはずなのだ。仲間と足並みを合わせることより、少しでも早く犯人を逮捕し、市民の安全を守ることの方が大事だ。そもそもの目的はそれのはずだ。

俺は青ネクタイをまっすぐに見た。「……子供がいる限り、阿出川に犯行は無理です。公判でそう反論されたらまずい」

「あんたはどう見たか知らないが、阿出川は犯罪者だ。常識なんて通用しない」青ネクタイはドスを利かせた声で囁《ささや》く。「……違うか？」

「赤ちゃんの方にも、置いていかれた形跡はありませんでした」さっき観察していたのだ。「俺が来た時、阿出川は赤ちゃんを簡単にそこらに置いて離れた。赤ちゃんの方も泣くこともなく、母親を振り返ることもなく平然としていた。……後追いも始まっている時期です。もし最近、置き去りにされた経験があるなら、赤ちゃんがあんなに平然としているのはおかしい。置いて背中を見せた瞬間にギャン泣きですよ」

青ネクタイは何か言いかけたが、蓮くんをちらりと見て沈黙した。

「あの赤ちゃんにはたぶん、放置された経験はないです」抵抗感はあるが、はっきり言っておかなくてはならなかった。「阿出川が犯行時、どこかに置いていった可能性は極めて小さい。となると……」

「不可能犯罪ですね」

振り返ると、いつの間にか後ろに来ていた妹背巡査長が顎《あご》に指を当てて考え込んでいた。「トリックを明らかにしない限り、逮捕は難しいかもしれません」

「そんなわけあるか。なんとでも」青ネクタイは言いかけて勢いをなくした。「……なんとか、なるだろう。そんなこと」

「いえ。正直な話、なんとかなってくれるなら」抱いている蓮くんが手を伸ばして壁の額縁に触ろうとしていた。離れようとして身を引いたらぐにゃりと揺れたので慌てて抱き直す。身を乗り出せば落ちる、ということをまだ学習してくれないのだ。「……本当に助かるんですが」

青ネクタイはそれを見たせいか、何も言わずに眉間《みけん》に深い縦皺《たてじわ》を作っただけだった。沈黙が走る。蓮くんだけが「あえあ」とまだ額縁に触ろうとしている。

まさか、とは思っていたが、本当に不可能犯罪なのかもしれない。「子供から目が離せないから犯行は不可能」――少なくとも四係では聞いたことがない話だ。

だがそれは、もしかしたらこの世で最もありふれた「不可能」かもしれなかった。子供を連れている状態だと「不可能」が山ほどある。映画を観る。美術館に行く。レストランの料理をゆっくり味わう。好きな服を着て出かける。フレンドとオンラインゲームで盛り上がる。今も世界中で数億人の親が挑み、解決法を見つけられていない「不可能」なのだ。ありふれているがゆえに最強の「不可能」。解決法など見つけようものなら世界中が大騒ぎだ。

「ですが……っと」蓮くんが意地でも額縁を触ろうと身を乗り出すので危ない。「まだ分かりません。阿出川の証言が嘘で、どこかに預ける当てがあったのかもしれません」

「例えば？」

「両親、それ以外の親戚《しんせき》、ベビーシッター。それに一応、夫も」

青ネクタイは漏らさないようメモを取り始めている。すべて確認するつもりなのだろう。この人もやはり刑事なのである。

俺は指を折りながら続けた。「保育所の一時保育。役所等も一時保育サービスをやっています。それから」

「だっだ」

「そうだ。託児室です。託児室のある美容院。最近はレストランなどで見守り付きのキッズルームがついているところもあります。客として入り、その場でうまく交渉して抜け出せば」

「だ！」

「まだあるかな？　とにかく、それまで考えられなかったような業種でも『キッズルーム有り・保育士常駐』のサービスが始まっています。そこも確認してください」

妹背巡査長が苦笑した。「誰と話してるんですか？」

「あ、いえ」蓮くんを上下に揺すってごまかす。最近は適当に発音しているのではなく、日本語になっていないだけで「会話」のやりとりができるようになってきたので、つい相手してしまうのである。「これらすべて、利用すれば記録が残ります。親戚やママ友も確認できるはずです。どこかに……」

なぜか拍手を始め、こちらに期待する目を向ける蓮くんに「おーそうだねーパチパチパチ」とリアクションを返してから青ネクタイ刑事を見る。「……どこかにあるはずです。犯行時の二時間、預けておいた場所が。それが見つかればいけます」

そう。見つかるはずなのだ。だからこそ阿出川は現場に子供を連れてきていた。

……だが、もし見つからなかったら？

4

「ほーりょりょりょりょりょりょりょばー。むにょちゅぃにゃひにょちゅちゅだー。おりょ？　おりょりょりょりょりょー？　んー！　ふいちちゅまー！　んん？　んー！　だっだー！　だー、お？　おーほーおーほー。んむむむにょりちょびぷりぴばー」

そもそも文字として表記することが困難な、ヴォーカルのスキャットとも浪曲の唸《うな》りともつかないものが後部座席でずっと続いている。蓮くんの声ではなくそれをあやす姉によるものである。ずっとあの調子で喋《しゃべ》って、というか発音している。あのての「対赤ちゃん言葉」は論理的に文章を作らなくてもよいため、単純労働のバイトと一緒で、続けていると脳が「キマッて」きて、ある種の恍惚《こうこつ》状態になるのである。運転中のため手を出せず、振り返ることもできず、ただひたすら息子と姉がいちゃつくその音声だけを延々聞かされ続ける、というのはなかなかの気分なのだが、まあ、運転者としては後ろで蓮くんを見ていてくれるのは大変ありがたい。チャイルドシートは後部座席にしか置けず、運転中はもとより停車中も手が届かないので、大人一人で車に乗せた場合、もし赤ちゃんが泣きだしてもなすすべなく運転を続けるしかなく、ルームミラーの角度を変えて後部座席が見えるようにする[*8]のが精一杯だからだ。

「……って報告があった。つまり、結局そっちも利用の痕跡《こんせき》がない。だから今のところ手詰まりなんだけど……聞いてた？」

「うにちちちー。にーちちちち。かわいいねー。ほっぺがすべすべで、あ、でもちょっと口のまわり赤くない？　ちゃんと保湿してる？」

「薬塗ってる。……話聞いてた？」

「あーはいはい。石蕗さんから聞いたのと同じね。小児科の診療履歴は？　治療中に処置室を出て素早く、っていう荒業もあるかもしれないけど」

「なんで捜査情報聞いてるんだよ。……それもないって」

「じゃ不可能犯罪だね。それか阿出川、犯人じゃないんじゃない？　捜査やり直したら？」

「簡単に言わないでよ。他に容疑者が出ないんだ。阿出川がハズレだと迷宮入りになっちまう」

「今から行く現場で何も見つけられなければね。うりゅりゅりゅうりゅうりゅ。ぢゅー」

「吸うな」

「きゃ。は。あは」

「いいでしょ減るもんじゃないし」

「いやなんか減る。何かが減ってる」

気がするがそれよりも、運転しながらでも考えなければならないことがあった。阿出川香里は犯行中、赤ちゃんを一体どこに預けていたのか？

今朝、係長からまた連絡があった。一昨日、阿出川宅を辞した後、南署の二人で手分けをし、事件当日、阿出川が赤ちゃんを預けられそうなところを虱潰《しらみつぶ》しに当たったという。だが結果はすべてシロ。地元外の託児所も、大手以外のベビーシッターも利用記録がなく、親戚・友人、近所の人間にも接触の痕跡がない。阿出川香里は事件時、赤ちゃんを預けられる場所が本当に「なかった」のだ。公判でこの事実が提示されれば無罪判決が出かねない。そんな状態で七十二時間きり、一回きりしかできない逮捕に踏み切るわけにもいかず、担当する南署の三係は手詰まりになっている、ということだった。

だからまだ捜査に参加している。今日は日曜だが、いとう整形外科に鍵《かぎ》を借りて現場を見せてもらえることになった。本当は（珍しく事前に連絡をした上で）遊びにきた姉と近所の公園でものんびり散歩する予定だったのだが。

＊8　かわりに後続車両が見えなくなるので非推奨。

「でも阿出川は最初からこの状況、予想してたのかな？　警察相手に『赤ちゃんから目が離せないから自分に犯行は無理』なんていうトンデモ抗弁をするつもりだったの？　むひょひょひょひょー。がじ」

「あは」

「かじるな。……そこは確かに気になる。そもそも目撃証言が出て容疑者になったこと自体、計算外だったはずだ。……舐《な》めるな」

そう。ややこしいトリックを準備して「赤ちゃんから目が離せないから自分には犯行不可能」などという抗弁を計画するより、疑われないようこっそり犯行を済ませるのが普通である。つまり阿出川にとって、目撃証言が出て容疑者にされたのは予定外だった。「赤ちゃんから目を離せない」という抗弁もとっさに出たものだったと考えるのが自然である。

「だとすると厄介だね。『なんとかうまく偽装して、記録が残らないようにベビーシッターを利用した』とかの路線もナシってことになる」

姉が蓮くんに指を握らせながら言う。そうなのである。さすが、事件慣れしていて話が早い。うちの姉は以前からトラブル体質なところがあり、俺の育休中も何度も刑事事件に巻き込まれている。そのためなのか、今日は仕事が入った、と連絡したら「じゃあ一緒に行く」と当然のように返してきた。しかも係長と勝手に連絡を取りあい、捜査状況まで把握してしまっていた。まあうちの姉は県警からすれば解剖・鑑定でよくお世話になっている大学の法医学医であり、しかも最年少の准教授だ。ど素人ではないし警察関係者に顔もきくのだが、それにしてもどうして係長の連絡先を知っていて、気軽に捜査状況を教えてもらえるのか。うちの係長もわけがわからない。

ぱたたたた、とフロントガラスが鳴る。当たる雨粒が大きくなってきて視界が悪くなったのでワイパーを一段階速くする。どうせこの天気では公園は無理だが、その代わりが現場検証とは。

いとう整形外科は駅から少し離れた閑静な住宅街の中にあり、それなりの敷地と洒落《しゃれ》た建物ですぐに分かった。駐車場に車を入れると傘をさしたスーツの男が来る。この間もいた南署の、今は紫ネクタイをした青ネクタイ刑事というややこしい存在は、ドアを開けると、後部座席の姉と蓮くんを見て眉間《みけん》に皺《しわ》を寄せた。「なんで嫁まで連れてくるんだ。遊びじゃないぞ」

「姉です」

「どうもー」姉がチャイルドシートのベルトを外しながら笑顔で手を振る。「南署の人？　聖エウラリア大学医学部、法医学教室の吉野涼子《りょうこ》です」

出された名刺を片手で受け取り「はあ」と言って見た紫ネクタイの青ネクタイ刑事は、名刺と姉を見比べると急に直立不動になった。「よ、吉野先生ですか！　いつもお世話になっております」

「現場見せてね」

「はい！　ご案内いたします」青紫ネクタイ刑事は直立不動のまま姉の名刺を捧《ささ》げ持つ。放り出された傘が地面にふわ、と落ちた。

あまりの態度の変わりように驚く。「姉ちゃんそんなに偉かった？」

「顔がいいと得だよね」

「今どこかで顔要素出た？」

「県警の依頼で鑑定しまくってるからね。聖エウラリア大の沢口靖子《さわぐちやすこ》って呼ばれるつもり」

「予定かよ」

紫ネクタイの青ネクタイ刑事は落とした紺色の傘を拾ってきて差した。「南署捜査三係、茶木《ちゃき》と申します」

色のない名前がよかったのにな、と勝手なことを考えるが茶木刑事は頬を赤くして緊張しつつドアを開ける。「あ、そちらお持ちしま、うおっ」

姉のバッグを持とうとした茶木刑事は「真っ黒な骸骨《がいこつ》形をしたリュック」を手渡されてちょっとのけぞった。「これはまた」

「姉ちゃんこういうの、どこで買うの？」

「かわいいでしょ？　下顎骨《かがくこつ》の再現度はもっと欲しかったけど」

「お洒落でいらっしゃる」茶木刑事はコメントに困る様子で黒骸骨を抱える。「吉野先生、こちらへ」

「待って。うんちしてる」

　バックドアを開けて蓮くんを寝かせ、おむつを替えるのに五分かかった。その間、茶木刑事はずっと姉に傘をさしかけたまま待っていた。初動が遅くて申し訳ない。

　外観から受けた印象の通り、いとう整形外科は中も綺麗《きれい》に造られており、待合室などは床柱ふうの丸太柱の横にイサムノグチの提灯《ちょうちん》、という和風になっている。これだけ気を遣っているのに四十一万も現金を置きっぱなし、というズボラぶりでは狙われるわけだ。もちろん被害者側に責任などまったくないのだが。

「おー、お洒落。最近のクリニックはこうなんだね」姉は額縁に手を伸ばす蓮くんを牽《けん》制《せい》しながら受付の壁にかかっている絵を見る。「阪本《さかもと》トクロウ[*9]じゃん。いい趣味してんね」

「こお？」

「そうそう。安くないよー。このサイズだとひと触り二十万かな。さわる？」

「やめて」

＊9　画家。具象と抽象、双方の要素が両立する不思議な風景作品が多い。代表作「呼吸」のシリーズはどこにでもあるなにげない風景を描きながら独特の温かみと静けさがあり、思い出の中の風景が実体化して目の前にあるかのような感覚になる。

「整形外科って儲《もう》かるのかな」

「やる気？」

「やだ。生体嫌いなんだよね。生温かいし反射で動くし」

医師にあるまじきことを言いつつリハビリ室に入っていく姉に続く。室内はそこそこの広さだったが、大きめのロッカーや後ろに隠れられそうな施術台がある。

「なるほどね。あのロッカーとかか」姉は無遠慮にあれこれ見て回り、蓮くんに触らせたりしている。「整形は隠れる場所あるもんね。内科とかじゃ無理」

現場保存が必要な時期はもう済んでいるだろうが、それでも部外者の、しかも赤ちゃんに触られたくはないのだろう。茶木刑事は姉が蓮くんにあれこれ触らせるたび「あっ」「そこは」「……いや、うん。まあ」と一人で焦ったり納得したりしていたが、姉が離れると黒骸骨リュックを抱えたまま、すすす、とこちらに寄ってきて、恨みがましい目で俺を見た。「なんで赤ん坊まで連れてくるんだ。奥さん休みだろ」

「休みだからです。休ませてあげないと」

ついてこようとするのを姉と二人で無理矢理押し留《とど》めて出てきたのだ。でないとうちの沙樹《さき》さんは絶対に休んでくれない。外での仕事を一週間頑張って週末に辿《たど》り着くと、今度は家で家事育児という別の仕事が始まる。それでは年間休日ゼロ日になってしまう。まあ、今は俺の方がそれなのだが。

が、日曜出勤している茶木刑事はふん、と鼻を鳴らした。「で、なんかないか」

実家で小腹が空《す》いたかのような言い方で振られても困る。「ないですね。隠れられそうな場所は何か所かありますが、赤ちゃんが泣いたらバレる」

「口塞《ふさ》ぐとかでいいんじゃないのか」

「塞いだらもっと泣きます」

「泣かないようにしつけとけないのか」

「泣くっていうのは赤ちゃんにとって唯一の意思伝達手段です。それをさせないのは窮屈通り越して虐待ですよ」相手の顔を見て付け加える。「阿出川がそんなことをしたという筋立ては無理があります」

「壁とか、いじった痕跡《こんせき》もないねえ」姉が蓮くんを抱いて戻ってくる。「防音材とか持参して、壁にがっつり巻いとけばいけるかもって思ったけど、無理っぽい」

俺も頭を掻《か》く。「ちょっと大がかりすぎるだろ。作業中に誰か入ってきたらおしまいだし、無理だよ」

俺と姉が黙ると、黒骸骨リュックを抱いた茶木刑事は俺たちを交互に見て、それからなぜか蓮くんを見た。

「つば」

「あ、いや」リアクションを返されてどうしてよいか分からない様子の茶木刑事は目をそらす。「……その、つまり」

「方法がない」姉が言った。「阿出川はもしかして赤ちゃんを連れたまま犯行を済ませたんじゃないかって思ったけど、その可能性もなくなったね」

結局、より不可能だと判明しただけだった。俺たちはマイナスの収穫しかないまま現場を後にした。

館内のBGMが葉加瀬太郎《はかせたろう》からモーツァルトに変わったようだ。昼下がりのアイネ・クライネ・ナハトムジーク。子供たちの声が賑《にぎ》やかだから気付いていなかったが、わりと活発な曲を大音量で流していて、ムードとかリラックスとかいったものが目的ではないらしい。

「ありがとう。はいどーじょ。うん。いいねー。じゃあ今度はママにどーじょ、して？」

「ママじゃないだろ。おっ、ありがとう」

「じょ！」

「うん。はい、どーじょ」

「次こっち！　はい蓮くんママにどーじょ」

「ママじゃねえっての」

「じょ！」

もう「どうぞ」は完璧《かんぺき》だな、と思う。*10 すぐ横にカラフルで深いボールプール*11があるのになぜかそこからこぼれ出たボール一個で遊び続けているのは大人目線からすれば勿体《もったい》ないが、子供本人にとってはそれでいいのだろう。

雨が降ってどこにも行けないので、近くの室内遊び場にやってきた。ビニールの巨大滑り台にトンネルのコーナー。ボールプールのコーナー。おままごとセットやプラレールが夢のような量、揃えてあるコーナー。それにアスレチックジム。子供にとっての楽しいものを詰め込んだ天国で、雨天でも極寒でも炎天下でも来られて永遠に遊ばせられる素晴らしい場所なのだが、フリータイムは大人一人千六百円、子供一人千円かかる。遊具によっては追加で一回百円だの二百円だののがかかる。天国は有料であり、つまり世の中にそんなうまい話はない、というわけである。

それでも日曜ということもあって混んでいた。今いるのは二歳までが対象の赤ちゃんエリアだが、ここも三ヶ月くらいの生まれたてさんから走り回って転んで泣いてまた走り回る二歳児まで、かなりごった返している。

周囲を見回す。子供と保護者と飛び出たおもちゃと置かれた荷物。天井は高いし周囲

＊10　大部分の赤ちゃんが最初にできるようになる具体的なコミュニケーションは「パチパチパチ（拍手）」、手を振る「バイバイ」、手に持った物を誰かに渡す「どうぞ」のどれかである。
＊11　プラスチックのカラーボールが大量に敷き詰められた遊具。浅いものは「隙間なく並べてある」程度だが深いものは「泳げる」レベルのボールで埋め尽くされているので、大人も飛び込みたくなる。

も広いが、普段あまり目にしないピンクや黄色といった色が他の色と同じ頻度で交じっている上に「丸い物体」や「三角の物体」がそのあたりにごろんと転がっているので、抽象絵画の中に閉じ込められたかのようなバグった世界である。なんせ床がピンクと水色のまだらだったりするのだ。これほど騒々しい景観はよそにはない。

「どした？」姉が振り返る。「言っとくけど、ここに置いてくのも無理だよ」

「……だよね」

現場から近いから、もしやと思ったのだ。託児サービスこそないが、これだけたくさんの親たちがいれば、赤ちゃんが一人ぐらい紛れて増えても誰かが見ていてくれるから、結果として「大人の目」は確保できるのではないか。一時的にこっそり置いて逃げれば——と思ったのだが、これはどうも無理だった。いかにたくさんの大人がいても、みな自分の子供しか見ていない。ベンチに座って携帯を見るなどして注視していない親も多く、自分の子供はともかく、周囲のよその子まで「見守っている」とは到底言えない状態である。そもそも。

後ろの通路を灰色のポロシャツを来た職員が通った。……職員もちょこちょこ巡回している。置き去りにされた子供がいれば気付くだろう。迷子騒ぎになり、これ以上ない痕跡を残してしまうことになる。やはり、誰かがついていなければいけない。

姉を見ると、同じことを考えていたのか、彼女も職員を目で追っていた。「……無理だね」

方法がない。犯行の二時間、阿出川は赤ちゃんをどうしていたのだろうか。いや、本件の状況で「二時間、赤ちゃんから目を離す」方法があるなら、世界中の親が仰天する世紀の福音になってしまう。だからそんなものは、そもそもあるわけがないのではないか。

考え込んでいたのは十秒もないはずだったが、気がつくと蓮くんが消えていた。「あれっ」

「おっ？」

「姉ちゃん、蓮くんは」

「ん」姉は鼻を鳴らし、ボールプールの中を見た。「こっちだ」

「今、嗅《か》いで捜した？」

蓮くんはボールプールの中ほどでカラーボールに半ば埋まっていたが、がし、がし、というしっかりしたハイハイでプールのボールを掻き分けていた。いつの間に中に入ったのだろう。縁から落ちる時に顔をぶつけなかっただろうか。

「すごいな。縁を乗り越えたのか」

「深めだから埋まると消えるね」

姉がボールを足で掻き分けつつ蓮くんに追いつき、まだ抱っこされたくないのかだらんと垂れて抵抗する蓮くんを抱いて戻ってきた。

が、なぜか姉は、その途中で立ち止まった。

「どうした？」
「ん。いや」姉は蓮くんを抱き上げる。「……そういうことか」
「何？」
「トリック、分かったかも」姉はこちらを見て言った。「あるよ。方法」

5

別に名探偵になりたいわけではないから、事件が解決しさえすれば捜査対象者に会いたいとは思わないし、まして「皆を集めてさてと言い」みたいなことをしたいとも思わない。警察官には不要な儀式だ。だが係長は「俺の功績」をしっかりアピールしておくために来い、と言ったし、姉は大学の方を休講にしてまで来たがったし、驚いたことに茶木刑事が「我々だけで詰めるとまた何か対応できない抗弁をしてくるかもしれない」と頼んできたのである。阿出川宅へは行かざるを得なかった。

だが、茶木刑事と並んで阿出川宅のソファに座り、ローテーブルを挟んで阿出川香里と向かいあう俺は、まるで捜査の主役のようだった。俺は育休中で、トリックに気付いたのも姉なのだが。

「……箪笥《たんす》にありました。この服で間違いありませんね」

衣装箪笥を捜索する、という性質上、配慮したのだろう。青枝《あおえ》という名前だったらしい茶ネクタイ刑事に伴われ、女性の刑事がベビー服を一式持ってきた。水色基調のオーバーオールと白の靴下。某有名ベビー用品量販チェーン店で売っている安価な商品で、どこの家でも一着は買っていそうなものだ。女性の刑事がそれをローテーブルの上に広げ、青枝刑事と並んでソファの阿出川を見下ろす。

「この量販チェーン店で買ってきたとみられるベビー服は他にも四セット出てきましたが、服、それもアウターのみでした。この量販チェーン店ではインナーから部屋着、おもちゃ、哺乳瓶からタオル類等、あらゆるベビー用品を扱っていますが、アウター以外の商品は一つもなく、他はすべて別のブランドのものです」

茶ネクタイの青枝刑事が言い、青ネクタイの茶木刑事が頷《うなず》く。まことにややこしい。

「……なぜ服だけ、それもアウターの数着だけ価格帯の違う量販チェーン店のものだったのでしょうか。育児中なら誰もがお世話になるチェーン店……だそうですね」

これは俺が教えた。こんな常識中の常識まで「専門家の意見」的な情報として取り扱われていることに驚くが、思い出してみると俺だって、蓮くんが生まれるまではよく知らなかった。

「ここの服があったこと自体は不自然ではない。ですが、これしかなかったことが決定的に不自然なんだそうで」茶木刑事は他人から聞いたことを自分の知識として話すのがどうしてもできないらしく、律儀にこちらを見た。「なぜ他のものは一切買っていないのですか？　こちらの秋月刑事いわく、育児をするのにあの量販チェーン店に頼らない、というのがそもそも珍しいことらしいですが？」

　抱っこした蓮くんに夢中な姉とそもそも事件に興味のない蓮くんを除き、その場の全員が阿出川を見ている。視線を集めた阿出川は茶木刑事と青枝刑事、それに名前を知らない女性刑事の視線を受けても、黙ったままだった。赤ちゃんを抱いているからか手も震えていない。だが視線は細かくちらちらと揺れていた。強く動揺している人間の反応だ。突然、想定していなかった事態に直面し、頭の中は混乱して大騒ぎしているが、体は全く動かない。そういう時の表情だ。

　これは落ちるな、という予感がある。南署の三人も分かっているようで、じっと阿出川を観察している。

「それと、この人にも連絡が取れました」茶木刑事が顔写真を表示したタブレットをローテーブルに置く。「中岡泰樹《なかおかやすき》さん。二十歳。学生で、ご本人は未婚ですが」

　向かいあう阿出川香里が画面を見るのを待たず、茶木刑事はタブレットに触れて次の画像を表示させる。「……彼は現在、この子の世話をしています。まあ時々のことで、本人はバイトだったと言っているんですが。市内に住む姉から頼まれ、忙しい時にこの子を半日見るかわりにいくらか小遣いをもらうということをやっていた、とのことです」

　タブレットには十ヶ月の赤ちゃんが表示されている。正面顔なので、すぐにぴんとくるほどではない。だが似ているといえば似ていた。今、ソファに座る阿出川香里が抱いている赤ちゃんと。

「……証言を得ています。中岡は赤ちゃんを『見て』はいたが、つきっきりでちゃんと見続けているわけではなかった。現場近くの室内遊び場に連れていき、ボールプールに入れると、その子は時折戻ってくるだけで、基本的に一人で遊ぶ。だから中岡はその間、傍らのベンチで携帯を見て時間を潰《つぶ》していたそうです。もちろんその子が泣けばすぐに気付くし、駆けつけられる。……このくらいの感覚で子供を『見て』いる親も、ああした場では多いそうですね」

そうでなければこちらが疲れ果ててしまう。子供が小学生くらいになると、入口付近にあるマッサージチェアに座っているだけで同行しない親も多い。さすがにここまでくると危険ではないかと思うが。

だが、それが今回の犯行を可能にした。赤ちゃんを連れての犯行は不可能。だが赤ちゃんを最大二時間、預けた痕跡《こんせき》もない。夫は仕事。祖父母を始めとする親戚《しんせき》は遠隔地で、友人ともども連絡をとった形跡なし。近所のママ友すらおらず、保育所の一時預かりやベビーシッターの利用もない。美容院など、見守り付きの託児室がある施設の利用すらもない。家や車の中に置いておくのは危険すぎる。通りすがりの人に頼むのは無理がある。それでも、「赤ちゃんを一時的に見ていてもらう」ことは可能だった。

「すり替えたんでしょ。中岡が連れていた赤ちゃんと」

後ろから声がする。蓮くんと遊んでいるだけだった姉が口を開いていた。捜査員でない者が勝手に喋《しゃべ》っていることになる。止めようかと思ったが、隣の茶木刑事は黙認したようだ。

「中岡が見ていた赤ちゃんは、あんたが抱いてたその子と顔が似てる。似てるっつっても系統が似てるって程度だけど、赤ちゃんの顔ってのはけっこう区別がつきにくいからね。同じ服を着ていたら、どちらがどちらか分からない」姉は抱いている蓮くんに頬ずりをして「蓮くんは一番可愛いから分かりましゅけどねー？」とのろけを挟んだ。「保育園の〇歳児クラスに入れてる友達も言ってたよ。『お迎えに行って呼んだら反応してずんずん這《は》ってきたから抱っこしたらよその子だった』ってね。保育園でお着替えしてるから気付かないんだって」

阿出川は動かない。腕の中の赤ちゃんが立ち上がり、肩越しにソファの背もたれに顔を近付けて噛《か》もうとしているが、そちらを見もしなかった。

「もう分かったでしょ。あんたは近所の室内遊び場で、中岡が連れていた赤ちゃんと自分の子供をすり替えた。中岡は目を離す時間が多かったから、ボールプールの中で二人を近付かせ、中岡の赤ちゃんの方を抱き上げて去るだけでいい。同じ服を着ていたから中岡は気付かず、預かった子供のつもりであなたの赤ちゃんを『見ていて』くれる」

そして阿出川は中岡が連れていた赤ちゃんを抱いて出る。目撃された時、阿出川が抱いていた赤ちゃんはこちらだったのだ。もちろん服は、あらかじめ同じものを用意していた。あの量販チェーン店で扱っている服なら全国どこでも手に入るし、赤ちゃんの服は数パターンしかないから、観察を重ね、着てくる服の全パターンを把握して準備しておくこともそう難しくない。

「あなたはこうやって、自分の赤ちゃんから最大二時間、安全に離れることができた。中岡が連れていた赤ちゃんの方は車の中に置いておいた。危険だけど、それなら可能だった。自分の子供じゃないなら、その程度の危険にさらすことはできた」

　ぞっとするような話だが、車の中ならただちに危険というわけではない。他人の子供であっても焦りはしただろうが、なるべく急いで戻る、と決めたのだろう。人目のない駐車場でエンジンをかけたままにしておけば、泣き声も熱中症の危険も軽減できる。

「そうして一人になったあんたは、いとう整形外科のリハビリルームに忍び込んで職員の退勤を待ち、犯行を済ませると、中岡の赤ちゃんを連れて室内遊び場に戻った。中岡の行動パターンはすでに調べてあって、まだ帰らないはずだ、ということを知っていたんでしょう」

　そして赤ちゃんを元通りにすり替え直す。最悪、中岡が自分の赤ちゃんを連れて帰宅していても、同じ服を着ているのだ。「取り違えて連れ帰られた」と騒げばいい。室内遊び場の利用には本人確認と登録が必要だから、追跡は可能だった。

　もちろん、阿出川にとって都合よく「自分の子供とほぼ同じ外見の赤ちゃんを連れて、毎週決まった時間帯に室内遊び場に来て、しかもいつも目を離している人間」が現れる確率は低い。だからむしろ、犯行の下見ついでに寄ったか何かの時にたまたま中岡たちを見つけたことでトリックを思いついた、と考えるべきだろう。

考えてみれば、室内遊び場の利用記録は残っているのだから、最初からそこをチェックしていれば、捜査本部もすぐトリックに気付けただろう。だがチェックされたのは「預け先」だけだったし、捜査員の大半はこうした室内遊び場という施設そのものを知らなかった。

「あんたの車を鑑定にかけさせてもらう」茶木刑事が言った。「この時期の赤ちゃんはあちこち齧《かじ》るそうじゃないか。そんなふうに」

茶木刑事が阿出川の赤ちゃんを指さす。まさにソファの背もたれをガジガジしているところだった。「中岡の赤ちゃんのDNAがほぼ確実に出るぞ」

青枝刑事がローテーブルの上に捜索差押許可状を置いた。「もう一枚あるんですが、そちらはできれば使いたくありません。ご自分の意志でご同行いただけますか」

阿出川は俯《うつむ》いたまま呟《つぶや》いた。「……でも、子供が」

「ご心配なく」俺は言った。「警察署には託児室がありますから。……預けておけます」

それを聞いた阿出川は、深く溜《た》め息をついて力を抜いた。

犯行を暴かれて負けを認めた溜め息。そう見るのが普通だろう。だが俺には、ようやく赤ちゃんを誰かに「預けておける」と聞いて脱力したように見えた。

6

蓮くんが窓の方に這っていく。ちょこん、とお座りの姿勢になりカーテンを摑《つか》んでひととおりいじり、挨拶《あいさつ》をするようにはむ、と丁寧にひと齧りする。今度は簞笥《たんす》に向かって這っていく。お座りの姿勢になる。今度は襖《ふすま》に向かって這っていく。お座りの姿勢になる。おもちゃの鈴入りボールに向かう。

姉がつみれ汁をすすりながら微笑む。「あれ可愛いよね」

「なんでいちいちお座りしてから方向転換するんだろうな」俺も菜の花ご飯を多めにすくって食べる。顆粒《かりゅう》だしを混ぜ込んだのは成功だったようだ。味に奥行きが出た。

「実際やってみると分かるんだけど、ハイハイのまま方向転換するのってけっこう手間かかるんだよね。脚が短い場合、一旦《いったん》お座りしちゃった方が速いの」

「なるほど。……じゃ、あれ合理的なのか」

「あ、醬油《しょうゆ》を失礼いたします。……大変おいしいです」

「茶木さん、アジの干物に醬油かけるんだね。久しぶりに見たなあその昭和ムーブ」

「親父がやってたよな」

「そ、そうですか……」

「あ、いやいや懐かしい、という話で。どうぞどうぞかけてください。大根おろし足ります?」

姉がいつもいる以外にも石蕗係長がいたり姉の友人がいたりするので、秋月家の夕食に第三者がいるのは慣れている。一方、沙樹さんが残業でいないのも、悲しいかないつものことだ。だが南署の茶木刑事がいとう整形外科の侵入窃盗事件について報告するため、わざわざうちまで来てくれているのは変といえば変な状況だった。ちょうど夕飯の準備中にやってきたのだが、直後に姉も来襲して刺身を一品追加してくれたため恐縮で縮んでしまっており、なんだか可哀想でもある。だが俺も姉も茶木刑事も悪くない。

「この時間ならむこうも都合いいだろう」などと適当なことを教えた石蕗係長が悪い。

茶木刑事が「昭和なのか……」と思索に沈み込む様子になってしまったので話を促す。

「で、阿出川ですが、執行猶予とかつきそうなんですか?」

「いや、私選弁護人はつけたそうだが、半々……よりは無理寄りだそうだ」茶木刑事はこちらを見る。「阿出川の心配をするのか」

「心配ってほどでは」なんで姉と俺でそんなに口調が変わるのだろうか。「阿出川の子供を誰が見るかが気になってるんです」

「阿出川の両親が面会に来ていた。あそこで引き取るかもしれん」

そこがあの赤ちゃんにとっていい環境であってほしいと思うが、できることはもうなかった。

阿出川香里は自供し、現在、公判中である。茶木刑事も言っていたが、執行猶予がつくかどうかは難しいという。子供の「安全」を願っての犯行だったこと、そもそもその動機自体が霊感商法の詐欺師に洗脳されて追い詰められた結果であること、夫が家の金を渡さず、家は裕福なのに自分自身は困窮していたこと。何より被害者に弁償し、示談が成立していることは有利に働くが、金額が四十一万円とやや大きいこと、計画的な侵入盗であること、何よりその手段として他人の赤ちゃんを車内に放置しており、これ自体が未成年者略取及び保護責任者遺棄罪を構成することが犯行の悪質性を決定付けている。収監されてしまえば赤ちゃんは母親から引き離される。その点を裁判所がちゃんと考慮してくれればいいが。

そこまで考えて気付く。阿出川香里に「肩入れしている」ような考えは、刑事のそれとは違う。奴は「他人《と》の子ならいい」と他人の赤ちゃんを略取して車内に放置し、元職場に侵入して何十万も盗った犯罪者なのだ。実刑を食らおうが、こちらの知ったことではない。

それでも「親」としての俺は考えてしまう。もう一人の親で香里の配偶者であるはずなのに、「仕事」の一点張りで全く出てこなかった、阿出川香里の夫。阿出川香里は家事育児に全く助けを得られず、金も使えず家に閉じこもり、そして霊感商法に走った。夫はなぜ、存在しないかのように出てこないのか。自分の仕事だけをして、そこに閉じこもっているのか。

だが、茶木刑事が言った。「三係の担当じゃないが、自称宗像幸蘭、本名橋本絹江《はしもときぬえ》の捜査も進んでいる。詐欺・恐喝で被害届も取れた。奴は逃がさん」

阿出川に宗像幸蘭を紹介したという主婦にもすでに数百万の被害があるという。専業主婦のネットワークを使って信者を増やしていくというよくある手口で、現在「むしろこちらが本筋」とばかりに県警本部の二課が出張ってきたという。

「それと、宗像幸蘭に対する捜査資料を一部、阿出川の公判で使用していい、ということになった。阿出川が精神的にどれだけ追い詰められていたかを示す証拠になるからな。……そこまでやる必要は感じないが、情状酌量の判断に当たっては重要な資料だ」

「……あなたが上申したんですか？」

「三係の室田係長が決めた。俺は室田さんから訊《き》かれたことに答えただけだ」

よかった、と思う。茶木刑事を見る。相変わらず眉間《みけん》に皺《しわ》が寄っている。何もしていなくてもあそこに皺が出るらしい。

とにかくこれで、俺の仕事は終わった。ようやく家事・育児に専念できる。夕飯が終わったところでちょうど足元に這《は》ってきた蓮くんを抱き上げ、すっかりご馳走《ちそう》に、と姉に頭を下げている茶木刑事を玄関まで送った。

何度も頭を下げていた茶木刑事は、ドアを開けたところで振り返り、こちらを見た。

「石蕗さんから話を聞いたが。……秋月さん。あんた、このまま復職しないつもりなのか？」

そういえば初めて名前を呼ばれた気がする。無論、首を振る。「捜一に戻れるかは分かりません。俺の実績次第だそうで」

「なら俺からも室田さんに上げておく。あんたは戻るべきだ」茶木刑事は俺が抱いている蓮くんの頭を撫《な》でようと手を伸ばした。「……時短の刑事、ありかもしれない」

「あええええええええええん」

蓮くんが突然泣きだしたので驚いた。これまで誰に触られてもにこにこしていて、特に男性はすべて自分にかまってくれる存在だと信じているかのようだったのに。

だが、「いや、すまん」と焦る茶木刑事はさておき、俺は「おおっ」と思った。これは「人見知り」だ。他人の区別がはっきりつくようになる六ヶ月から八ヶ月あたりで出てくることが多く、成長の証《あかし》だと思っていたのだが[*12]、うちの蓮くんは全くないので少し心配していたのである。

「あええええええ」

「おっ、蓮くんどうした？」

「人見知り。蓮くん人生初人見知り」

「あっ、いえ、申し訳ありません。自分が」

「おおー！　レベルアップ！」

＊12　まったく出ない赤ちゃんもかなりいるので、出なかったからといって何か問題があるというわけではない。

「沙樹もうすぐ帰ってくるって！　動画撮って送ろうぜ」

「また『成長に立ち会えなかった』ってへこみそうだな……」

「あえええええええ」

茶木刑事は泣く蓮くんに困惑していたようだが、俺と姉は盛り上がっていた。それにしてもうちの蓮くん、事件を解決するたびにレベルアップするがごとく成長するのはどういうことなのだろうか。子供の成長は坂道ではなく階段型で、普段と違う刺激がある時によく段を上るものではあるのだが。

犯罪捜査がその「刺激」になっているのだとしたら、ちょっと考えなければ。

徒歩でカーチェイス

1

　鼻が利くとか勘がいいとかいった表現があるが、実はそういった人間には二種類いる。県警本部管理官・君塚浩二《きみづかこうじ》はそう考えていた。一つは本当に鼻が利いたり勘がよかったりする人間だ。所轄時代に取調をしたある恐喝犯。この男はたかりで食っているいわばプロだったがまだ二十歳そこそこの若造であり、どういう身なりをしてどういう場所に出入りすれば裕福でかつ脇の甘い人間を捉《つか》まえられるか「最初から分かっていた」のだという。分野が違うが、君塚の女房も彼には知覚できない薔薇《ばら》の香りを嗅《か》ぎ分けたり、餃子《ギョーザ》を食ったりするとたちどころに大蒜《にんにく》の匂いに気付いたりするので、これも物理的にだが「鼻が利く」といえる。こうした人間は要するに天才であり、なろうとしてなれるものではない。だが、もう一つの方は違う。もう一つとはつまり、経験によって鼻が利くようになった人間だ。経験を蓄積し、風景の解像度を上げ、「いつもと違う」「普通と違う」わずかな兆候を発見できる人間。天才より劣る気もするが、それでいいのだ。公務員で組織人である警察官に合っているのはそちらであり、君塚がなろうとしているのもそちらだった。

　そのせい、というわけでもないのだろうが、捜査一課長の執務室に入った時に、いつもと違う香りを感じた。関係各庁や捜査本部を飛び回ってあまり執務室にいない我が課長だが、いる時はいつもコーヒーを飲んでいる。もともとノンキャリアの花形ポジションであったはずの捜査一課長の椅子に「上から降ってきて」座ったキャリアである上に、常に冷静で感情が窺《うかが》えないのと、昼飯を食っているところを見たことがなくコーヒーばかり飲んでいるのとで、現場の者たちは畏怖《いふ》と疎ましさを混ぜて「ＡＩ様」と呼び「コーヒーを燃料に動いている」と陰口を叩《たた》いている。その執務室の香りが変わった。

「課長。コーヒー、銘柄を変えましたか。香りが少々」

「カフェインレスをやめました」

「ああ。それは」どう応じたものかと一瞬迷った後、君塚は表情を緩めた。「おめでとうございます」

課長はわずかに目を伏せるだけで応じ、君塚に話を促す視線を向ける。相変わらず雑談には最低限しか応《こた》えない。いつもこうだから君塚は普段、用件の前に雑談など挟まないのだが、今日のこれはどうも、伝える前にそうした暖機運転が必要な気がした。

君塚は用件に入る。「警視庁の渋沢《しぶさわ》管理官から問い合わせです」

「警視庁」

「大学の先輩だそうですね」

「私用ではないのですね？」

「担当している事件に関して参考意見を聞きたい、とのことです」

珍しく表情があったのも無理はない。警察は都道府県警ごとに別組織であり、警視庁

（東京）の管理官と県警本部の人間が連絡を取りあうのは都道府県をまたぐ事件に関して立つ「合同捜査本部」の時ぐらいだ。不審げな課長に君塚はタブレットを渡し、口頭でも説明する。

「一昨日、本格的な捜査が始まった身代金目的略取事件です。被害者は都内に本社を持つシマダ運輸社長の孫で十一ヶ月の島田《しまだ》乙葉《おとは》ちゃん。犯人は割れていて、親戚《しんせき》の川松友也《かわまつともや》という、二十七歳のプータローです」言い方が古かったな、と思ったが、課長は特に反応せず聞いている。「川松は以前から島田宅に入り浸っては金をせびっていた様子で、島田から『もう来るな』と怒鳴られ、金欲しさと仕返しのために乙葉ちゃんを連れ去ったのだろう、とのことです。島田宅にズカズカ入り込み、母親が目を離した隙にそのまま抱き上げて連れ去っていった、という雑な犯行のようで、島田に対して電話で現金四百五十万を要求したそうです」

　捜査資料を直接見せてくれたわけではなく、渋沢による口頭説明だけだ。どうしても伝聞形になってしまうのがもどかしいが、事実であるかのように語れば語弊が生じる。

「ちなみに、川松の要求に一旦《いったん》応じる、というのは島田が拒否したそうです。会社の経営がぎりぎりなのと、どうも親族間のトラブル程度に解釈しているようで」課長は他人が喋《しゃべ》っている間に口を挟まないので、出そうな疑問点には先に触れておく、という癖がついている。「現在、川松は手配中ですが消息不明。当然、人質の乙葉ちゃんもです。川松が自分で世話をしているとは思えず、川松には複数の女がいたとのことなので、そのどれかの住居で世話をさせているとみられます。ただ川松の女関係は周囲の者でも把握できていないらしく、どこの誰のところなのか情報がありません」

川松自身はもちろん自宅にいない。その女のところにいるか、宿などに潜伏しているかだろう。川松は手配するとして、赤ん坊の所在確認と救出が最優先だったが。

「現在のところ、乙葉ちゃんの所在については手がかりが全くありません。ただ、赤ん坊の世話をしているとなればそれなりに目立つはずで、捜索にあたってそうした観点から潜伏場所を絞れるヒントがないか、という意見が出たそうです」

十一ヶ月となれば物入りで、あれこれ買い込むだろう。だが生憎《あいにく》、育児は妻に任せきりにしてきた君塚には「何かあるのではないか」というぼんやりとした可能性が浮かぶだけだった。

「現場の捜査員に育児経験者がいなかったところ、渋沢管理官が課長のことをご記憶だったようで」

それを聞いた課長は、さすがにと言うべきか、短く溜《た》め息をついた。「一人もいないとはどういうことだ」の溜め息だろう。全くもってその通りだった。警視庁内に心当たりがなく他県警の知人を頼るほど、いないらしい。

「育児中の行動は人によって違います。あまり確度の高い手掛かりにはならないと思いますが」それでも我が課長は、担当事件、それどころか県内の事件ですらないのに嫌そうな顔も見せなかった。「……一つ、可能性があります」

全く何のヒントもない。都内なのかそうでないのかも分からない。それでも、手がかりがあるらしい。着任時は周囲から散々疎まれつつも実績をあげ、徐々に支持者を増やしているだけはある。

「通販の利用歴を調べてください。おむつを全サイズ、あるいは複数サイズ注文した履歴があるかもしれません」

「おむつ、ですか」君塚には状況が想像すらつかない。

「通常は子供一人ならおむつを複数サイズ買うということはありません。自分の子供のサイズは分かっていますからね。ですが、拐取した他人の赤ちゃんを突然育てることになってしまった人間であれば、赤ちゃんのサイズが分からず、とりあえず複数サイズを注文する可能性があります。そうした人間がいないか、通販サイト及び各ドラッグストア、ベビー用品店の購入履歴を照会するべきです」

「了解。ではそう伝えます」

意外なところからだが、五里霧中だったであろう状況に光明が差した。人員が要る、と思うが、天下の警視庁ならなんとかするのだろう。通販サイトの方は、誘拐された赤ん坊の安全がかかっている、と説明すれば任意で回答してくれるかもしれない。

警視庁の事件だ。だが関わってしまった以上、反射的に担当事件に準ずる気持ちになっている。君塚は執務室を出ながら、やや勇んで電話をかける。

2

自動ドアのガラスがさっと両側に開く。正面玄関のポーチを出ると横たわる片側二車線道路の上に爽《さわ》やかな曇り空が広がっていた。曇り空で爽やかとはこれいかに、となるが今は七月。晴れるとすぐ気温35℃などになり外出に危険が伴う。ベビーカーの赤ちゃんは大人より地表に近くアスファルトからの照り返しと放射熱を受けるのに体温調節が未熟、という危険要素のサンドイッチなのだ。かといって雨に降られても困る。雨の中ベビーカーを押しての移動は苦行そのものなのだ。ベビーカー本体はレインカバーをつけられるが籠《かご》に入れたりハンドルに提げたりしている荷物はぐしょぐしょに湿るし、片手で傘を持ち片手だけでベビーカーを押しているとすぐ握力が限界になり、十秒ごとに右手、左手、と押す手を替え、そうするために傘を持ち替え、肩にかけている荷物を移し、とやっているとなかなか前に進めない。いっそ制服の雨衣を着れば濡《ぬ》れるのも平気に思えるかもしれない[*1]と思うが、そこまでする気は毛頭なく雨の日は車でしか出かけていない。

というわけで、夏場は「曇り」こそが至高の天候なのだった。しかも今日は風が吹いて涼しい。

だが貴重な好天なのにもう午後三時になってしまった。バス停を見たが、この路線のバスは三十分に一本しかないから、まだしばらく来ない。本日の予定が台無しだが、せっかく知らない街に来た、というのもある。二度と来ることもないだろう無関係の住宅街だ。そういう場所を散歩してみるのもいいかもしれない。

「……公園でも行こうか」

ベビーカーの中の蓮くんに声をかけ、まあ小さな児童公園の一つや二つ、路地に入ればあるだろう、と適当に歩き出す。

そもそもこうなったのは姉が原因だった。いきなり「天気がいいからお出かけするよ」と決定事項を伝えてきたため駅で待ち合わせ、園内に植物園を備える大きめの公園に出かけることになった。密室で育児している弟を連れ出してやろうというのだろうし(本音は蓮くんを構いたいだけかもしれないが)、子供を連れて外出するにあたって大人が「一人」から「二人」になるのは精神的に非常に楽になるのでそれは大変ありがたかったのだが、駐車場が手狭ということで電車とバスの移動になったのがいけなかった。あれ沿線で何かイベントでもあったのか、公園行きのバスが予想外に混んだのである。

＊1　音が聴こえにくくなってしまうと業務に支障をきたすので、制服警官の雨衣はフードがないことが多い。もちろん傘も持たないため首から上は雨がそのまま当たるが、制帽はカバーをつけるため濡れない。本人の顔は濡れる。

これ詰め込んだマザーズバッグと「千円札柄」をした姉のショルダーバッグ（どこでこういうのを見つけるんだろうか）を抱えて手が空かない俺は乗り込んできた乗客に押し流され、足でベビーカーを保持する姉と引き離された。

それだけなら耐えられたし、降りる時に声を掛けあってなんとか、と計画しつつひとまず無言で揺られていたのだが、何やら後ろの方から男の声で「邪魔だよ」と聞こえてきたのである。

苛《いら》ついたトーンの声だった。職業柄「揉《も》め事の兆候」には敏感で、おっと仕事か、と思った。公共交通機関内の喧嘩《けんか》はそれこそ日常茶飯事であり、通勤中に分けた経験もある。が、座席の上に身を乗り出して後方を見てみると、絡まれているのは姉と蓮くんだった。絡んでいるのは四十代とみられるやや大柄な男。半袖《はんそで》のスーツでネクタイをして鞄《かばん》を持っている。一見きっちりとして見えるが、こういう男性の中に、女性や子供や老人に絡んでトラブルを起こすタイプがいる。「俺は女子供と違って仕事中なんだ」という意識なのだろう。そういう奴は「公務員」にもよく絡む。

男は走行中の車内なのに聞こえる音量で舌打ちをした。「邪魔なんだよ。場所取ってんじゃねえよ」

まずいなと思う間もなく姉が男を睨《にら》んだ。「取ってねえよ。あんたの煙草の臭いの方が邪魔。恰好《かっこう》つけてラッキー吸ってんじゃねえよ[*2]。似合わねえんだよ」

姉は五感が獣並みに鋭い上、仕事柄煙草の銘柄にも詳しいが、当然ながら男は激高した。「何だと。邪魔だっつってんだ。場所取りやがって何様のつもりだ」

「誰がいつ場所を取ったって？　こっちは二人で乗って二人分の場所しか使ってねえんだよ。標準的な四輪ベビーカーのサイズは縦80㎝に横50㎝。立ってる成人男性は肩幅だけで45㎝。その両側に肘《ひじ》が出るから体の幅は肘から肘までで65㎝。体にぴったりくっつけててこれだから、少し開くともう75㎝になるんだよ。前後の幅だって足の25㎝なんかじゃ済まない。普通の人間は猫背になるし人体で一番後ろに出てるのは尻《しり》。あんたの鼻先から尻の先まで測りゃ45㎝になる。数字、理解できる？　成人は普通にベビーカーと同じくらい場所を取ってるんだよ。荷物を持ってなくてそのサイズで、持ってりゃもっと取るんだよ。ベビーカーが場所取ってるように見えるのは真上の空間が空いてるからで、ただの錯覚に過ぎない。分かった？　分かったらとっとと謝罪しろ。今日は天気がいいから二万で許してやるよ」

なぜそこで金を要求する。当然ながら男は怒鳴った。「ごちゃごちゃうるせえんだよ」

「怒鳴ってるのはそっちの方だろ。絡んできたのもそっち。こっちは普通に二人で乗っ

＊2　「ラッキー・ストライク」。ブリティッシュ・アメリカン・タバコ社製の老舗《しにせ》ブランド。バンドマンが吸っているイメージが定着しているようだが、それ以外の人も吸う。第二次大戦中は米軍の支給物資でもあったが、こんなやばい名前（Lucky Strike!）なのによく支給していたものである。

てただけだよ。赤ちゃんを母親の荷物だとでも思ってんだろ？　だからそんな頭の悪いこと言うんだよ」

　あんた母親じゃないけどな、と心の中でつっこんだが、なぜか前の席に座っていた八十代くらいの女性が小声で「そうだ！　言ってやれもっと！」と拳《こぶし》を握った。

「だいたいあんた、相手がこんなか弱くて優しそうで可憐《かれん》でキュートで可愛らしい超絶美少女だから絡んできたんだろ？　いくら美人でもブル中野《なかの》*3だったら何も言わねえだろ？　180㎝120㎏の右プロップ*4とか190㎝160㎏の前頭《まえがしら》三枚目*5の方がよっぽど場所取ってるぞ。そっちにも言ってみろよさっきみたいに『邪魔だよ』って」

　前の席の女性が「そうだそうだ！」と囁《ささや》いた。

「だいたいバスは公共交通機関だろうが。なんでバス一つ乗るのにまわりに気を遣ってびくびくしてなきゃいけないんだよ。こっちは子供抱えて大変なんだよ。あんたみたいなのがいるから少子化が進むんだよ。そんな扱いすんなら子供産んでやんねえぞ。日本が年寄りばかりになっていいのか？」

　いろいろつっこみたいところはあったが、それよりも「これはあかんな」と思った。そもそも医師で大学医学部史上最年少の准教授で仕事で講義をしているうちの姉とそこらの親父では議論で勝負になるわけがないのだ。だがこの手の男は「女に言い負かされた」となると怒鳴り声か手が出る。

　俺が危惧《きぐ》した瞬間、男が「黙れ」と怒鳴ってベビーカーを蹴《け》った。

がつ、という音が車内に響いた。これは駄目だな、と思い、俺は乗客をかき分けて車両後方に向かう。肩のバッグがあちこちに挟まって移動しにくかったが、二人の周囲の乗客たちはこんなに空けられたのか、というほど下がって空間を作っていたので、とりあえず前に出ることはできた。「姉ちゃん」

「どこいたの。じゃ、あと任せた」

ここから任せるなよと思うが。「あーそこまで。暴力はいけません。やめましょう」

「ああん?」

こちらを向いた男は相手の顔が自分より高い位置にあったことに一瞬戸惑ったようだったが、それでも顔を赤くして怒鳴り声をあげる。「なんだてめえ。関係ねえだろ」

「いえ、暴行罪の現行犯です」俺にとっては仕事であるし、そもそも現行犯であれば誰でも逮捕ができるから周囲の人間すべてが「関係者」になる。「ベビーカーを蹴りまし

＊3　元女子プロレスラー、現プロレス解説者。得意技はトップロープから繰り出すこともあるギロチン・ドロップや、垂直落下式リバース・スープレックス「ブルズ・ポセイドン」等。ブログのタイトルは「女帝」。本名・青木《あおき》恵子《けいこ》。

＊4　ラグビーのポジションの一つ。左プロップ、フッカーと共に最前線でスクラムの中心となり、体を張って敵陣営を押し込む。背番号は3。

＊5　大相撲の番付の一つ。横綱を含めた最上位との取組が組まれるのは基本的にここからで、四枚目と比べて勝ち越しが大変になるが、勝ち越せば三役が狙える位置でもある。

たね？　直接肉体に向けられたものでなくとも、他人に向けた有形力の行使は暴行罪を構成します。次の停留所で降りていただけますか？」

「何だてめえ」

胸倉を摑《つか》んできたので、手首を取ってねじり上げた。男は悲鳴をあげたが、叫びながらもう一方の手を伸ばしてこちらの顔を摑もうとしてきた。普通は痛みで降参するのだが、興奮して痛覚が鈍《つ》くなっているのだろう。しかし狭い車内で周囲には座席の背もたれ、顔の前に並ぶ吊り革、何より乗客たちが邪魔で蹴りどころか腕を振り回すのも危険だ。この距離でやるのか。

男の手を払うが、近すぎて膝蹴《ひざげ》りが出せないので足を踏みつけた。叫ぶ男に再び腕を摑まれる。マザーズバッグをかけていて左腕がうまく動かない。髪を摑み、引き寄せて顔面に頭突きを入れようとしたが、近すぎて狙いがそれ、額にしか当たらない。襟締はシャツの首元が固く締まりすぎていてできない。仕方なく耳を摑んで真下に引いた。男が「あああいてててて」と叫ぶ。引きながら腋《わき》を締めて短く掌底突き上げを入れるが次が続かない。クリンチの距離でやるこんな超接近戦は経験がなく、絞め技しか思いつかなかった。だが向かいあって絞められる技は限られている。袖車絞《そでぐるまじめ》を入れたかったが季節柄、長袖の服を着ていない。手首を摑まれ、脛《すね》を蹴られる。肩からバッグがずれて腕がずれる。それでも耳は離さず、打撃が入る距離ではないので仕方なく虎爪《こそう》で右目を引っ掻いた。相手が悲鳴をあげて顔を押さえた隙に背後に回り、パッと手を離して裸絞に移行する。完全に決まった。そのまま力を込める。男が呻《うめ》き声をあげても離さず、逆に強く絞め上げる。すると降参の意を示す様子でこちらの腕を叩《たた》き始めた。恐怖感を与えるため、聞かないふりをしてもう一度絞め、相手が必死になったところでようやく放す。男が床に手をついて激しくむせる。手錠を携帯していない上に赤ちゃん連れの大荷物だ。この状態で拘束するには精神的に屈服させるしかなく、手は抜けなかった。いつの間にかバスは停まっていて、乗客たちはぎゅうぎゅうになるまで下がって背中で押し合いへし合いをしていた。さっきの女性だけが座席から身を乗り出し「いいぞ！　そこだ！」とファイティングポーズをしている。

俺は上から声をかける。「下車してください。最寄りの交番にご同行願います」

さっきの女性が出てきた。「証人がいるでしょう？　あたしがなってやろうか」

「ありがとうございます。ですが録画しておりましたので」

胸のポケットから携帯を出す。捜査対象者にも同僚にも敵が多い立場だ。何かありそうだと思ったらすぐに録画を始める習慣がついている。

「まったく。嫌よねえこういう男」女性は男を見下ろす。「うちのろくでなしにそっくり。顔まで似てるわ。[*6] きっと高血圧で痛風よ」

「はあ」なんでやねんとつっこみたいが黙っておく。なぜか横にいた赤ら顔の男性が目

＊6　いずれも人格とは関係ないし、遺伝的要素の大きい疾患なので本人の責任でもない。

をそらして頭を掻《か》いた。

　ドアが開いた。姉が運転士に頼んだらしい。単なる喧嘩、事件性なし、で片付けたいところではあったが、バスも止めてしまった。ここまでの騒ぎになってしまっては通報が必要だ。俺は男のベルトを摑んで引き上げ、立たせた。あとから騒がれても面倒だ。最寄りの署で録画を見せ、正当防衛の説明くらいはしておく必要がありそうだった。

　そして今に至る。幸いなことに、俺が身分証を見せると男は急におとなしくなり、しょげかえった様子で署での事情聴取にも応じたという。直接の関係者は父親の俺ということになるので姉よりも時間がかかってしまったが、当の姉は「むしゃくしゃするから研究室で論文書いてくる」と携帯にメッセージを残してさっさと帰ってしまった。そんな動機で書かれた論文が査読に堪えるのだろうかと思うが、酒を飲まないと執筆しない小説家もいると聞く。

　空を見上げる。相変わらず曇っている。空全体を同じ灰色にうっすらのっぺり染める高層雲。朧雲《おぼろぐも》と言っただろうか。風はあるが軽く、雨の気配はまだ彼方《かなた》に遠い。俺はガタガタとベビーカーを押して見知らぬ住宅地の路地へ進む。そういえば蓮くんは揉《も》め事の間、全く泣いていなかった。恐怖で固まっていたならバスを降りたあたりで泣きだすはずで、保護者の怒鳴り声が聞こえてもなおのんびりしていたということらしい。古代なら「王の器」とか言われてもてはやされるところではないか。

路地の曲がり角で「たーお！」「お水飲む？」「う！」と二言語混成のやりとりをし、ストローマグで麦茶を飲ませ、ついでにおむつのチェックをした後、再び路地の奥へ進む。どこに向かうでもない真の「散歩」。この子が生まれるまでは考えもしなかった行為だった。路地の先に、青々と茂った広葉樹に囲まれた一角が現れる。一区画だけの小さな公園だった。砂場と鉄棒とブランコ、それに階段を上って滑り降りるだけの単純な滑り台。あとは二つの、バネで揺れるロッキング遊具。なぜか足の生えたナス形とキュウリ形をしており、あんなものに乗せたら子供が彼岸に連れてゆかれはしないかと心配になる。設計段階で気付かなかったのだろうかと思うが、まあ世の中にはそういうものがわりとありふれている。

ベビーカーを押して公園に入る。これでもあちこちお散歩をしてちょっとした児童公園オタクになりつつあるので、この公園は分類的に「陰」「古」「閑」だな、とひと目で判断できた。人がいなくても陽が当たってからりと開放的な公園もあれば、古くてじめじめ暗くても立地上、地元の子供が集まる「繁」の公園もある。だがここはそうした要素が一切なく、単にさびれた公園だった。

それでもベンチの横にはベビーカーが一台停めてあり、母親と見られる茶髪の若い女性が赤ちゃんの両手を取り、歩く練習をさせていた。赤ちゃんの方はまだ一歳未満に見えるが、好奇心も意欲も旺盛《おうせい》なようで、もう女性の手を振りほどかんばかりにして笑顔で一歩一歩、足を出している。それを見つけたのか、ベビーカーの中の蓮くんが「へ」

「え！」と要求する声をあげたので、さっそく靴を履かせてベビーカーから降ろした。

他人がやっていることを見て「ぼくもあれ、やる！」というのが、子供の最も普遍的な行動原理である。

指でつまめるほどちいちゃな靴を履かされ、一歳の蓮くんはよちよち歩き出す。よくよく考えてみればこの短い脚でよくぞと思う。だが微笑んで眺めてばかりはいられない。蓮くんの進行方向及び周囲の地面に目を凝らし、石などの硬いものがないことを素早く確認する。子供は何もないところで何もないのに突然転ぶし、転ぶとちょうど顔面に来る位置に石が落ちていたりする。危険物はないようだ。確認している間にも蓮くんは満面の笑みを浮かべて女性と赤ちゃんの方に歩いていく。自分の足で歩くことができる。その一歩一歩がたまらなく嬉《うれ》しいのだろう。途中でふっとしゃがみこみ、一度地面に伏せたが、ハイハイはせず再びすっくと立ち上がる。当初、むこうの女性は特にこちらを見るでもなく、とりあえず無関係という態度をとろうとしていたようだが、一歳児が笑顔で歩いてきてしまった上、自分の子供もハイハイでそちらに近付いていってしまっては関わらざるを得ない。こちらを見て会釈した女性と挨拶《あいさつ》を交わす。「すみません」「どうも」「いえいえ」

かなり若い女性だった。ベビーカーは色の落ちた古物だが赤ちゃんは可愛らしいキャミソールを着て、女性自身も体のラインが出る高級そうなワンピースで妖艶《ようえん》さすらある。水商売関係かなと思ったが、初対面の人間をあまり観察して分析するものではない。すぐ赤ちゃんの方に視線を移した。「可愛いですね。十ヶ月くらいですか？　うちの方がちょっとおにいちゃんかな」

「はい。歩くの上手ですね。一歳半くらいですか？」

「あれで一歳になったばかりなんです。体が大きくて、ずっしり重くてもう」

子連れ同士だと、初対面の相手でも会話がなくなることはない。「いくつですか？」から始まる子供についての定型会話が山のようにあるからだ。しかもそれはただの社交辞令ではなく、誰でもいいから聞いてもらいたい現状報告のようなものでもある。

「すみません。歩かせたらそちらにまっしぐらで」

「いえ。赤ちゃんって赤ちゃんが好きですよね」

子供を見ながらお互いを見るでもなく話す。子連れで公園に行くとこうした社交が頻繁に発生する。たいがいは一期一会の、さして気を遣わないやりとりだ。育休を取った直後はママ友同士の恐ろしい抗争話などを聞いていたが、実際にはそんなものは皆無だったし、いわゆる「公園デビュー」などというようなはっきりした儀式もなかった。俺が男性だからなのか、そうでもないのかは分からない。

とはいえ相手が女性となると、無闇と距離を縮めることはできない。あくまでむこうは「初対面の男性にいきなり話しかけられた女性」であり、子連れ同士だと発生する仲間意識のようなものも希薄だろう。警戒させないよう気をつけなければならず、だから相手をまっすぐ見たりはしない。

視線は合わせずに子供を見て話していると、なぜか二人とも俺の方に来た。むこうの赤ちゃんが俺の靴紐《くつひも》をしゃぶりそうな気配を出してきたので女性に断りを入れつつ抱き上げて足から離す。一瞬抱き上げただけだが重さと感触がまるで違った。腕もほっぺたも傷一つなくむちむちに張っていかにも大きいのに、なぜか抱き上げるとウエハースのように軽かった。うちの蓮くんはみっちり重さが詰まっていてまるで羊羹《ようかん》なのに。

このままだとこちらに手間をかけると予感したのか、あるいは本当にそうなのか、女性は赤ちゃんに「そろそろお昼寝だね。行こうか」と話しかけて俺から受け取った。赤ちゃんは一度抱っこ抜けを試みたがそのままベビーカーに据えられ、「やあああ」と抗議しながらベルトを着けられ、ありがとうございました、と会釈する女性にベビーカーを押されて去っていく。追いかけようと立ち上がる蓮くんを抱き上げつつ、バイバイ、と手を振る。

さて、どうする

女性が遠ざかっていく。一瞬迷ったが、すぐに決断できた。蓮くんをベビーカーに乗せ、ベルトを固定し、足で車輪のストッパーを外す。

少なくとも確認は必要だろう。追うべきだ。尾行する。

俺はベビーカーを発進させた。あの女性、何かあるようだ。

3

人の顔色を窺《うかが》うのが俺の仕事なのだな、というのは、何度か思ったことである。肩書は管理官だが仕事内容は捜査一課長補佐なのだから、当然そういうことになる。ボスである捜査一課長に報告すべきこと、質問すべきこと、確認すべきことは常に複数あるが、どれから、いつ、どの雰囲気で話題にするかの選択を常に迫られる。ほとんどは「至急」であるし、うちの課長は何の話題をどのタイミングで振られても全く同じトーンで応《こた》えるのだが、それでも気は遣う。特に渋沢管理官から預かっているこの案件は扱いが難しかった。警視庁の事件。だが赤ん坊が誘拐されており、予断を許さない。やはり扱いは「至急」だろうと判断し、捜査本部から捜査本部へ移動する車両の後部座席に座るや、君塚はすぐ隣の捜査一課長に切りだした。

「課長、一昨日お話しした渋沢管理官からの件ですが」

課長は出したタブレットに顔を向けたまま、視線だけで促してくる。車が発進した。

「各主要通販サイト、及び都内・近隣のベビー用品店に照会したところ、まだ該当がないそうです。ドラッグストアは店舗数が多すぎ、まだ確認中とのことですが、都内・近隣共に八割がた確認しても出ていないそうで」報告は正確にしなければならない。君塚は付け足す。「具体的には、S、M、L……あるいは『ビッグ』ですか？　それらを三サイズ以上、同時購入した記録は見つかっていないそうです」

メーカーごとに「新生児用」というサイズもあるそうだが、そちらは除外されていた。さすがにそれでないことは、川松、あるいは乙葉ちゃんを預かっている川松の女も分かるだろう。

「一方、SとM、あるいはMとL等、二サイズの購入者ですと該当が多すぎるようで、犯行日周辺だけでも数十か所挙がってしまっているようです」

課長はメタルフレームの眼鏡を直し、その奥の目を細める。

「それと、状況が思ったより切迫しているようです」警視庁の事件だ。だが伝えないわけにはいかない。「川松は当初、交渉のため電話越しに赤ちゃんの声を聞かせていました。しかしそれを頑《かたく》なに拒むようになったそうです」

伝える君塚の方も緊張する。川松には拒む理由はないから、赤ん坊に何かあったのだ。あるいは、最悪を想定しなければならないかもしれない。

「君塚さん」課長は君塚を見た。「渋沢さんにつないでください。伝聞では埒《らち》があきません。直接、すべての情報を開示してもらいます」

「了解」

ありがたい、と思う。警視庁の事件だが、そんなことは言っていられなかった。うちの課長が優秀だといっても、さすがに話を聞いてすぐに解決できるということはないだろうが、一秒でも早い方がよかった。状況が切迫している。一刻も早く赤ん坊を、あるいはそれを連れている女を見つけなければならなかった。だが手がかりすらない。

4

女性の背中が角を曲がって消えたのを確認し、押しているベビーカーを加速させる。路面のアスファルトが滑らかなタイプで走行音が小さいのはありがたい。とりあえずあの角まで急いで進み、様子を窺う。周囲に通行人はいない。慎重に距離を取らなくてはならなかった。

尾行の経験はかなりあるつもりだった。車両対車両、人対人、車両対人。だが単独尾行はあまりない。警察の尾行は重大なものほど人員を大量に使って慎重にやる。予想外の急変で単独尾行になったこともあったが、その時だってすぐに応援が来て交替できた。対象者の目的地も分からず、しかもこれほど人通りのない場所での尾行が俺一人でできるだろうか。しかも人対人でも車両対車両でもなく、ベビーカー対ベビーカーの尾行だ。

だが。角から様子を窺い、充分距離が離れているのを確認して加速する。むこうのベビーカーはかなり古く、車輪がガタガタと鳴る上に四輪のうち一つは回っていなかった。こちらのはちゃんと整備しているメーカー品だ。車両の性能では有利だ。不自然にならないよう速度を落として通行人をやり過ごし、再び加速する。女性は角を曲がり、塀の陰に消えている。

尾行は続いたが、女性はこちらに気付く様子がないのに加え、路地から二車線道路、さらに片側二車線の県道に向かって移動していた。ほっとする。尾行が難しいのは大通りより人の少ない路地だ。県道に出てくれれば多少目立っても気付かれないし、見通しもいいので距離をとれる。

肩のバッグをかけ直し、ベビーカーを加速させる。蓮くんはフロントガードに付けたお気に入りのウサギのぬいぐるみを齧《かじ》ってくれている。通常の尾行より有利な点もある。ベビーカーを押して他人の跡をつける人間などいない。少なくとも一般的にはそう思われている。多少急いだところで、周囲の通行人に不審に思われることはないはずだ。

県道に出ると、向かって左側の先に女性とベビーカーを見つけた。思ったより離れている。ハンドルを押してウィリー気味に前輪を浮かせ、ベビーカーを加速させる。やると蓮くんが喜ぶやつだ。「きゃ」と聞こえた。通行人をかわし、距離を縮める。

予想通り、県道に出てからの尾行は楽だった。車が多く走行音があるし、俺以外にもベビーカーを押している人や、キャリーケースを引っぱって音をたてている人もいる。時折信号があって相手が停止するが、こちらも距離をおいて停まる。コンビニの前でのぼりがはためいていたり、植え込みに花が咲いていたりして蓮くんがいちいち反応するので、赤ちゃんの好奇心に合わせて立ち止まっている、というふうを装えば、何もないところで停まっても怪しまれはしない。シャツの裾《すそ》をつまんではたはたと揺らし、汗ばむ背中に風を入れた。前の女性が歩き出す。このままどこまでも追跡する。

だが女性が急に右を向き、横断歩道を渡り始めた。

「……っと、これは」

周囲を見回し、距離を測る。難しい状況になったことを知った。あの信号は県道を渡るための押しボタン式で、赤になるまでに追いつこうとすれば近付きすぎてしまう。かといって次に青になるのを待つと離れすぎる。道を挟んで併走するのも困難だ。幅が広く遮蔽《しゃへい》物のない県道を挟んで反対側同士となると、かなり距離を開けなくてはこちらの姿が見られてしまう。ぎりぎりまで離れなくてはならないが、そのぎりぎりを保つ方法が見当たらない。

県道を渡らなければならない。だが同じ横断歩道は使えない。向かって右に交差点はあるが、一度反対方向に行き、信号を待って渡り、また戻るとなると時間がかかりすぎる。左側に交差点は見えないが……。

歩道橋はあった。俺はそちらに向かった。こうしている間にも尾行対象者が離れていく。俺は決めた。腕力には自信があるのだ。父親をなめるな。

「ふん！」

ハンドルとフロントガードを持って蓮くんごとベビーカーを持ち上げ、そのまま歩道橋の階段を駆け上がる。*7 スロープすらない古い歩道橋だが、そのため利用者は少ない。

＊7　乳児が落下する事故も発生している。危険なので真似をしてはいけない。

注目を集める心配もない。柔らかいフロントガードがぐにゃりと曲がり、壊れるのではないかとぞっとする。だが異状を感じる前に階段の上に到達した。ゆっくりと降ろす。

「よっしゃ」

「きゃ」

「ごめんねもう一回いくよ」

歩道橋を渡りながら距離を測り、もう一度同じやり方で持ち上げた。思いきり腰にくる持ち上げ方なのだが仕方がない。仕事でも育児でも、大丈夫だと思って腰に負担をかけ、壊した人たちの話を聞いていた。なるほど、みんなこうして腰を壊していくのだ。

歩道橋という高所を通ったのは正解で、尾行対象者の女性の位置ははっきりつかめていた。距離を取り、追跡しながら確信した。やはり不審だ。一見、普通の母子に見えるが、こうして追跡を続けていること自体がおかしいのだ。だが声をかければ警戒される。今は駅と反対方向に移動しているから、このままいけば家に戻るのだろう。尾行を続け、家の様子を確認するべきだろう。

女性のベビーカーが再び角を曲がり、姿を消す。やや速度を上げて角に近付き、電柱の陰から身を乗り出して前方を窺《うかが》う。ベビーカーを押している時は、手元と車輪に注意がいくため、一人で普通に歩いている時より後方への注意が疎かになる。多少、接近しても大丈夫なはずだ。

と思ったのだが、蓮くんが泣きだした。「あええええええ」

眠くなってきたのか、それとも「そろそろ抱っこしろ」なのか。慌ててウィリーさせ前後に揺するが泣き止まない。もともと赤ちゃんというのは、ベビーカーに大人しく乗せられている生き物ではないのだ。赤ちゃんにとっては抱っこの方がいいに決まってい て、例外的にベビーカーが好きな子以外は必ずどこかで泣きだして抱っこを要求する。それを忘れていた。むしろ今は、加減速や上下動が多かったためむしろ例外的に大人しかった方なのだ。

とにかく元の角に戻って隠れようとしたが、顔を上げると、対象者の女性がベビーカーを押してこちらに向かってきていた。目を離した隙になぜかUターンしていたらしい。尾行を警戒している人間でなければ通常はやらない動きで、なぜ今、と思ったが、すでに目が合ってしまっておりもう遅かった。諦《あきら》めて会釈すると、女性は不審げにこちらを見た。

「……何か」

「あの、こちら」

一応こんな時のために、蓮くんの予備の靴下を片方、ポケットに入れてはおいた。

「落ちていたので。……渡せるかな、と思って頑張って追いかけてたんです」

女性は俺が差し出した靴下を一瞥《いちべつ》するが、「違います」とだけ言って俺の横をすり抜け、なぜか元の県道に戻っていった。

尾行は失敗した。「あえええええ」と泣く蓮くんのシートベルトを外し、抱き上げる。

だが、ベビーカーを引っぱって県道に戻ると、女性はなぜか今までとは逆に、まっすぐ駅方向に歩いていった。

なぜ急にUターンしたのだろう。それもあんな、何もない路地の途中で。

俺の尾行に気付き、かわそうとしていた。それならば理解できるが、これまでの彼女の動きを見るに、尾行を警戒しているようなそぶりは全くなかった。それに振り返った彼女は俺の存在に驚いていた。尾行を外すためにあれこれの動きをしていたなら、あんなに驚くのはおかしい。横を通りすぎる時も、すぐそばを通り抜けた。尾行を警戒していたなら俺のこともっと警戒しているはずで、横を通る時はもっと迂回《うかい》して、手が届かない距離まで離れるはずだ。

もちろん「人間は突然気まぐれを起こすことがある」というのは承知していた。なんとなく隣の駅まで歩いてみる。意味なくホームの端まで行ってみる。急に思い立って花を買って帰る。あの女性だって、たとえば買っておくべき何かを急に思い出してUターンしたのかもしれないのだ。女性の進行方向にあるのはたしかJRの泉町《いずみちょう》駅だ。駅前は比較的栄えていて大型店舗も揃っている。

ここから追いかけ、不審者と思われてまで探りを入れる決心はつかなかった。赤ちゃんにも女性自身にも怪我の痕跡《こんせき》などは見られなかった。健康状態もよさそうだったから、まさに今、危機が迫っている、ということではないのかもしれない。気のせいかもしれないのだ。

女性の姿はもう見えなくなっている。急げばまだ追いつけるだろうか。ここで見失ってしまったら二度と会うことはできないだろう。それでいいのだろうか。

だが、腕の中で蓮くんがもぞもぞ動き出した。ここから突然全力で反ったりするのだ。慌てて腕を締める。

「……『不審』」沙樹さんがはカラーボールを拾って蓮くんに渡す。「具体的にどこが不審だったの？」

蓮くんが腕を、ぷん、と振り、ボールを投げる。なぜか後ろに飛ぶ。俺は拍手してそれを褒めつつ頭の中を整理する。

「まずは服装かな。その人、かなり体の線が出るぴっちりしたワンピースだった。海外ブランドの……何だったっけ。とにかくそういうので」腰をかがめてボールを拾い、蓮くんに渡す。「どう見ても授乳できる服じゃなかった。まあ、それは完ミ[*8]なのかもしれないけど」

蓮くんがまた腕を、ぷん、と振る。ボールはなぜかまた後ろに飛ぶ。どう投げればああなるのだろう。俺はボールを拾い、沙樹さんに褒められて笑顔の蓮くんに渡す。

「ただ、赤ちゃんは明らかに十ヶ月くらいだったのに、腕にBCGの痕《あと》がなかった。…

＊8　ミルクだけで育てること。「完母」「混合」「完ミ」と略して表記されることが多い。

…あれ五ヶ月からでしょ。母子手帳にも書いてあるし健診でも言われるのにまだしてないってなると、何か事情があったってことになりそうだし」

今度はなぜかボールをかじり始めた蓮くんを見る。ぷくぷくの頬っぺたに、きつく縛ったボンレスハムのようにむちむちと張った手首の肉。いずれも毛穴が存在しないかのように滑らかだが、実際の赤ちゃんの肌というのは無傷ではない。かぶれ等で赤くなっていることも多いし、腕には必ず予防接種の痕がある。ＢＣＧ（結核予防ワクチン）のいわゆる「ハンコ注射」というやつだ。[*9] この痕は長年残る。

「でも、それだけじゃなかった。ちょっと気になったから別れた後、尾行したんだ。蓮くんと一緒に」蓮くんはボールを放り出し、えっこらせ、と両手をついて立ち上がるとこちらに歩いてくる。それを抱きとめて持ち上げ、胡坐《あぐら》をかいた脚の中に座らせる。

「かなりの距離を尾行した。県道を移動して、渡って、その先まで行っても相手の目的地はまだだった。それがもう変でしょ？」

沙樹さんなので、すべて説明せずとも理解してくれることは知っている。俺が見ると、彼女もこちらを見た。「……小さい公園だったんだよね？」

俺は頷《うなず》く。蓮くんが「あ」と言って脚の間から脱出しようともがく。

そうなのだ。そもそも「徒歩で赤ちゃんを公園に連れてきた母親」を、あんな長距離、尾行すること自体がおかしかった。

「都市公園法だったっけ。昔の規定だけど、今でも参考にはされてるよね」沙樹さんは法令まで記憶していた。「その大きさだと『街区公園』に当たるから、想定される配置基準は『住民の家から半径２５０ｍ以内にあること』だと思う。もっと家の近くに別の公園があったはずだよね」

昔は、住宅地では一定間隔で公園を設けるべし、と法令で定められていたのだ。あの母親は最寄りの公園に行かず、なぜか離れている上に「陰」「古」「閑」と三拍子揃ったあの冴《さ》えない公園に行っていた。最寄りの公園に行きにくい事情があった、とみるべきだろう。

「普通なら、会いたくない人がいるとか、そういうところだけど……」

他にも不審点があるのだから、それでは済まない。沙樹さんは携帯を出した。「ハルくん、その人の着てた服のブランドとか分かる？」

俺は覚えている限りの特徴を挙げ、女性の服を特定しようと検索する沙樹さんを手伝った。沙樹さんはじきに見つけたようで、ニュースサイトの記事に、まさに俺が見たワンピースが画像付きであった。

俺は画面を指さす。「これだと思う」

＊9　管針法という。筋肉などに注射する皮内接種ではなく皮膚にＢＣＧワクチンを塗布した後、管針を押しつけて接種する方法。もっとも海外ではＢＣＧにも普通に注射針を使用しており、ハンコ注射は日本独特のもの。

だが、沙樹さんはこちらを見た。「……これ、去年の流行だよ。去年の記事」

俺はファッションの流行を毎年把握している人間ではない。それでも沙樹さんの表情の意味は分かった。赤ちゃんは十ヶ月くらいだった。多少前後したとしても、出産は去年の八月か九月。夏物のこのワンピースは体のラインが出るタイトなタイプだ。臨月近くで着られるはずがない。

「去年の流行《はや》りを中古とかで今年、買った可能性はまだある？」

「これとか好きな層はそんなことしないと思う。それに」沙樹さんは口を尖《とが》らせた。

「……体形変わるもん。こんなの産後すぐ着られない」

つまり、あの女性は昨年、妊娠していなかった。あの赤ちゃんは彼女が産んだわけではないのだ。もちろん世の中には様々な事情で「産んでいない母親」くらい山ほどいる。だが予防接種をしていない。近くの公園に行かない。それらを考え合わせると。

「赤ちゃんが産まれた地域の外に移動させられている。しかも住民票も移していない。母子健康手帳は手帳の中の住所欄を書きかえればいいけど、予防接種は予診票の交換が必要だから、受けられなかったのかも」沙樹さんが言った。「……母親じゃ、なかったのかもしれない」

とすると。「……誘拐？　でも赤ちゃんの誘拐事件なんて今、あったっけ？」

沙樹さんは視線を外して沈黙した。蓮くんが這《は》っていくが、目を合わせないまま抱き上げた。

「……ない」沙樹さんははっきり言った。「ここ数ヶ月遡《さかのぼ》っても、そんな話はない」

「……であれば、これ以上はどうしようもないかな」

俺はそう言い、沙樹さんを見る。もし本当に誘拐事件だったら絶対に提供すべき情報だったから、一人では判断しないことにしたのだが。

沙樹さんはまだ何か考え込んでいる様子だったが、はっきりと頷いた。

「……うん。そうだね。とりあえず、気にしなくていいと思う」

5

警視庁の渋沢管理官は電話に出ず、君塚は留守録に用件を吹き込んだ後、もう一度かけ直してみた。赤ん坊が誘拐され、予断を許さない状況だというのに、課長が他都道府県警の事件に関われる時間は少なかった。簡単に「あとで」とは言い難い。

それが奏功した。渋沢管理官は八コール目で出てくれた。君塚は用件を話し、隣の席にいる課長に目配せをする。「今、電話を代わります」

君塚から携帯を受け取った課長は名乗るや否や、無沙汰《ぶさた》の挨拶《あいさつ》も省いていきなり言った。

「渋沢さん。事件の情報はすべて、きちんと伝えていただかないと困ります」

運転手がちらりとこちらを見る。管理職同士がやりあうような口調なのに驚いたのだろうし、うちの課長が他人を責める調子になるのも異例だ。

「はい。島田乙葉ちゃんの件です。確認しますよ？　あれ、事件の発生はいつです？　通報ではありません。発生です」渋沢管理官が答えたようだ。課長が頷く。「ですよね？　通報は四日前でも、発生は先月。一ヶ月以上経っているんですね？」

　君塚にとっても初耳だった。となると赤ん坊は、一ヶ月以上ずっと誘拐されたままだというのか。渋沢管理官の声が大きくなってきたため、電話口から断片的に単語が洩《も》れ聞こえてくる。君塚は耳を澄ます。「家庭内のことだからと」「島田氏は通報するな、と」「母親が」。

　それだけで分かった。どうやら川松友也による島田乙葉ちゃん誘拐は一ヶ月以上前に発生していたが、主《あるじ》である島田社長が「家の恥」だからと通報を禁じていたらしい。加害・被害を問わず「警察沙汰」を「恥」ととらえる非合理的な人間は確かに存在する。警察がそれで困らされることもある。

　だが、と君塚は思う。課長の態度が分からなかった。発生が先月だったとして、それで赤ん坊の所在が一切分からないという状況が変わるのだろうか？

　しかし、課長は言った。

「発生が先月ということでしたら目撃証言があります。先月、うちの者……というからちの夫が、不審な女性と当時十ヶ月ほどだった赤ちゃんを見た、と話していました。……はい。第七強行犯捜査四係の秋月春風巡査部長です」

夫、という単語に君塚はわずかにどきりとする。普段「ＡＩ様」と呼ばれ、性別どころか人間味すら感じさせないうちの課長が「女」であることを意識させられた。県警初の女性捜査一課長にして同期の出世頭、秋月沙樹警視正。その夫についても聞いている。捜査一課で初めて、男性で育休を取ったという。君塚自身は「妻が妻だから、当然そうなるだろう」程度に思っていたが、現場の人間たちはたいそう困惑したと聞くし、そろそろ育休延長から復帰する春風巡査部長の処遇をどうするか、まだ決まっていないらしい。

だが、その秋月春風巡査部長が先月「見た」とは、どういうことだろうか。

だが課長は顔の角度を変えてしまい、以後は話が聞き取れなくなった。やりとりはしばらく続き、どうやら電話口で渋沢管理官が部下に何かを指示して確認させている様子もあったが、課長は溜《た》め息を一つつき、通話を終える。「では、そのように。……失礼します」

上司の電話に聞き耳をたてることは望ましくない。それにうちの課長は、君塚に説明すべきと判断すれば、自分から話してくれる。そう思って待っていると、果たして課長が口を開いた。

「……解決しそうです」

いきなりそう言われるとは思っておらず、君塚は目を見開く。

「目撃証言がありました。うちの夫……第七強行犯捜査四係の秋月春風巡査部長が、不審な母子を目撃しています。……秋月巡査部長の」職務中に夫をどう呼ぶか迷ったのだろう。課長は一拍置いた。「話によれば、明らかに『自分の子供でない』上に『育児していることを隠している』様子の母親を尾行した、というのです。私も話を聞き、誘拐の可能性を疑いましたが、特に照会しませんでした。当時は、赤ちゃんの誘拐事件は一件も発生していないはずでしたから」

「……『当時』」

「私が自宅でその話を聞いたのは、一ヶ月前でしたから」課長は君塚に携帯を返し、背もたれに体重をあずける。「ですが、その時すでに事件は発生していたようですね。そうであるなら、秋月巡査部長が尾行した女が川松の共犯者で、ベビーカーの赤ちゃんが乙葉ちゃんである可能性が大きくなります」

なるほど、課長が渋沢管理官に文句を言ったのも頷ける。誘拐の発生が先月だということを伏せられていたため、課長は夫から聞いた「不審な母子」の話を事件と結び付けることができなかったのだ。

だが、これで。

車が目的地に着く直前、君塚の電話が鳴った。渋沢管理官からだった。なぜか、あくまで直接やりとりをするつもりはないらしい。だが第一声からすぐに「報告だ。例の件だが」と言ってきた。

——川松は捕まらないが、共犯者とみられる女は特定できた。小日向萌香《こひなたもえか》。現在二十一歳。川松の女の一人だろう。

君塚は隣の課長を見た。だが車が警察署の駐車場に入り、君塚は通話しながら降りなければならない。

――秋月さんのおかげだ。事件発生日前後、通販でMとLサイズのおむつを同時に買った記録は数十件あったんだが、そのうち一件の購入者が、証言にあった中古のベビーカーを購入していた。時期も一致する。登録情報から住所が特定できたので、捜査員が向かった。

一瞬、安心しかけた君塚は、渋沢管理官の話がまだ続くことに気付き、電話機を握り直した。だが課長は先に行ってしまう。歩く速度の方も緩めてはならない。

――だが、住所に登録されたアパートはもぬけの殻だった。小日向萌香が住んでいた形跡はあったが、赤ん坊がいた形跡はなかった。誘拐時に隠れ家に移動したんだろう。目撃情報があったＪＲ泉町駅付近は捜索しているが……。

通る者が少ない警察署の廊下に課長と君塚の足音が響く。陽の当たらないコンクリート建築の冷たい感触が靴の裏から伝わってくる気がした。

――小日向の潜伏場所は分からないままだ。また秋月さんに知恵を借りるかもしれない。すまないが頼む。

「了解」

君塚はそれだけ返し、渋沢管理官が通話を切るのを待った。共犯の女は判明して、おそらく赤ん坊もそこに……まだ生きているのなら、いるのだろう。だが今度は、その女の現在地が分からない。

未解決。その言葉が胃の中で冷え、血液を粘つかせて君塚の歩みを遅くする。だが階段を上れば捜査本部である。君塚の課長《ボス》は普段通りの速さでそこに向かっている。もうすでに、その事件のことだけを考えているだろう。こちらも切り替えなくてはならなかった。事件は無限で、警察官は有限だ。

……だが、この結果をどう課長に伝えたらいいのだろうか。

6

「……じゃ、解決したの？」

「そう。ハルくんのおかげ」沙樹さんはスプーンで軟飯をすくい、パカッと開いた蓮くんの口に入れる。「渋沢さんが最初から『先月発生した事件』って言ってくれてたら、もっと早く小日向を逮捕して、赤ちゃんも保護できてたんだけど」

ベビーチェアにこぼれた軟飯をティッシュでくるんで取る。「でも、ひょっとしたらもっと前に発生していた事件かもしれない、って何もヒントがないのに気付いたんでしょ。沙樹さんのお手柄だよ」

「いやあ、どっちかっていうと『なんですぐそこを疑わなかったのか』って」沙樹さんは前傾して平たくなるが、蓮くんに「まんま」と要求されてすぐスプーンを手に取った。

うちの県警の事件ではないが、島田乙葉ちゃん誘拐事件解決の報が入った。

沙樹さんから「先月のあれはやっぱり誘拐犯だった」――つまり俺が先月見て尾行したのが小日向萌香と乙葉ちゃんだったと聞いた時は「なぜあそこで見逃したのか」と後悔したが、沙樹さんによると、小日向萌香はすぐに発見されたらしい。なんと実家に帰っていたのである。捜査員が取った証言によれば「これ以上犯罪の手伝いはできないと思って、隠れ家から逃げた」のだという。だが警察に行けば自分も川松も逮捕される。どうしようもなくなった小日向萌香は、実家の両親を頼ることとしか思いつかなかった。なんといってもまだ二十一歳で、妊娠した経験もないのに、いきなり十ヶ月の赤ちゃんの世話をやらされたのだ。そのこともかなり負担になっていたのだろう。両親の方は、いきなり他人の赤ちゃんをつれて帰省し、何も事情を話さない娘を、とりあえずそのまま受け入れた。というより、小日向萌香と訪ねていった捜査員の証言によれば、赤ちゃんがとにかくかわいいからなんだかんだで夢中になっていて、とりあえず事情については後でいいや、という程度の感覚になっていたらしい。

「ま、とりあえず乙葉ちゃんは健康だったわけでしょ？　めでたしじゃない？」姉がビールの缶を置いて腕を組む。「ハルの目撃情報のおかげ。つまりそもそもは私がバス止めたおかげだね」

俺は「ねえよ」とつっこんだのだが、なぜか沙樹さんが笑顔になった。「でもね。渋沢さんから聞いたんだけど、本当にそうかもしれないの」

「……なんで？」

姉は得意顔で親指を立てているが、さすがにそれはないだろう。だが沙樹さんは笑顔で蓮くんの口の前にスプーンを持っていく。蓮くんの口が自動ドアのようにパカッと開く。

「……小日向が証言してたの。もうたくさんだ、と思って隠れ家から乙葉ちゃんを連れて逃げた。それでかなり遠くまで歩いていったけど、やっぱり怖くなって戻ろうとしてたんだって」

葛藤《かっとう》があって当然だった。裏切ったとなれば川松との関係は終わりだし、それ以前にどんな危害を加えられるか分からない。金のために赤ちゃんを誘拐するような人間なのだ。

「それでバスに乗ろうとしたんだけど、なぜか時刻表に書いてある時間になっても一向にバスが来なかったんだって」

「『なぜか』……？」

沙樹さんは微笑んだ。「その路線のバス、一時止まってて遅れたの。『乗客同士のトラブルがあったため、警察署付近で関係者を降車させていた』」

「それって」

「暴行事件。『男が走行中にベビーカーを蹴《け》ったため、周囲の人間ともみあいになり、取り押さえられた』」

つまり、あの時の事件だ。確かにバスが遅れたし、その事件のせいで俺は蓮くんと散歩することにし、そこで小日向萌香と乙葉ちゃんに会った。

そういうことだったのだ。まさにあの時の小日向萌香は、隠れ家から逃げ出したところだったのだ。だから彼女は家から遠い公園にいたし、突然Uターンして駅方向に向かった。葛藤していたのだ。まさにあの時。

幸運だった。もし先月のあの日、バスを停めていなかったら。乙葉ちゃんの両親がすぐにBCG接種を済ませていたら。俺の目撃証言は存在せず、乙葉ちゃんも助からなかったかもしれない。

「小日向、ほっとしたらしいよ。偶然バスが来なかったのが、『あんなところに戻るな』って言われてるように──運命みたいに思えたんだって」

ダイニングにふっと沈黙が走り、その後、姉が缶ビールを掲げた。「ほらな？　私のおかげじゃん！」

「姉ちゃんは揉《も》め事起こしただけだろ」

「起こしたのはあの親父でしょ？　私はただ正義のために立ち上がっただけ」

「まあ、あの件については涼子が正しい……」

「いや待って沙樹さん。この人、金要求してたよ？　したくせに相手がキレたらこっちに振ってきて」

「仕事復帰時に困らないように実戦練習の機会をあげたのだよ」

「嘘つけ」

大人たちがもめているのをよそに、ベビーチェアに収まっている蓮くんはスプーンにさっと手を伸ばすと柄をがっしりと摑《つか》み、先端を軟飯の入った碗《わん》にぐい、と突っ込んだ。

手はぷるぷると震えて安定しなかったが、スプーンは半分ほど軟飯を載せて引き抜かれ、ぱっくりと開けられた蓮くんの口の中にすぽん、と収まった。

「あ」

「おっ」

「蓮くん」

大人たちが驚いて注目する中、蓮くんは楽しげにスプーンを握り、再び軟飯の中に突っ込む。

「スプーン、使った……」

まだ早いし、口に運ぶまでに傾かなかったのは偶然だと思う。だが確かに蓮くんはスプーンを使って軟飯を食べようとし、だいぶこぼしたり口のまわりにつけたりはしたものの、いくらかはそれで食べられた。

「すごい！　うそ？　フォークだってまだなのに」

「いや、でもちゃんと口に入れられた」

「蓮くんえらい！　すごい！　できたねーにーひひひうれしいうれしい」

椅子から飛び降りて蓮くんにすり寄った後、携帯で写真を撮ろうとテーブルに駆け寄った姉が戻ってきた時には、蓮くんはすでにスプーンを放り出し、笑顔で拍手をしていた。大人たちが拍手を合わせる。

「へ。えへ」

拍手に包まれながら、蓮くんは笑顔だった。

あの人は嘘をついている

1

世の中には「奇跡の無駄遣い」とでも言うべき状況がある。映画『オズの魔法使』で主演のフランク・モーガンは役の雰囲気を出すため、監督と古着屋に行ってほどよくくたびれたコートを調達したが、内側に刺繍《ししゅう》されていたネームから、そのコートを店に売り払った「前の持ち主」は原作者本人であったことが分かった。コンピューターエラーでたまたま同じ社会保障番号を割り当てられてしまった「パトリシア・アン・キャンベル」という二人の女性はどちらも父親の名前がロバートで、結婚相手が軍人で、結婚はいずれも1959年で式を挙げたのもわずか十一日差、二十一歳と十九歳の子供がおり、簿記係で、油絵を趣味にしていることまで一致していた。なにもそこまで一致させることはなく神の配剤なのかもしれないが、それで何かいいことがあったわけではなく皆が「すごい偶然だ！」と驚いただけの話である。せっかくの神の配剤をそんなことに使ってしまって勿体《もったい》ない、と思うが世の中には車ごと崖《がけ》から七十五メートルも落ちて生還した人もいれば銃で撃たれたのに胸ポケットのiPhoneが弾丸を受け止めてくれて無事だった人もいるから、平時にはちゃんと運用されているのである。神様だってたまにはお遊びをしてみたくなる、ということなのだろう。

しかしそれがまさか自分の身に起こるとは、とも思う。立てこもり犯に遭遇したり誘拐された赤ちゃんにたまたま出会ったり、珍奇な偶然には恵まれている身ではあるが。

——いやマジで信じらんなくない？　証拠の画像までちゃんとあるんだよ？　言った通り陸《りく》くんもちゃんと写ってるし。

「……ですよね」

——何これ？　もしかして千尋《ちひろ》の方が浮気してんの？　だからありえない反論で俺が嘘つきってことにしようとしてんの？　そういうこと？

「いや……どうでしょうか」

——だっておかしくない？　たまたま同じ日にさあ、たまたま三島木《みしまき》さんの夫の方に会ったとか、そっちの方がありえなくない？　刑事としてどう思う？　あっちが容疑者っしょ？

「……まあ、そういう場合、裏は取りますが」

蓮くんが右手にテレビのリモコン、左手におしり拭《ふ》きのケースという脈絡のないものを握ってこちらに歩いてくる。持ってきたねーすごいねーと褒めると得意顔でしゃがんで二つを床に置き、ガニ股《また》の短い脚でポチポチと歩いていく。なぜ両手にそれぞれ物を持つのか、と思うが、「両手にそれぞれ物を持てること」そのものが嬉《うれ》しくて楽しいのだろう。生きること自体を楽しんでいると言ってもいい。うらやましい。

——結婚して何年経ってると思ってんのかな。俺ちゃんとしてたよ？　後輩にちょっとそうなのかなって子がいたら早めに距離取ったし、付き合いで飲むにも女の子がいる店だったら断ってたし。

電話口の黄《こう》さんは感情と声のトーンを目まぐるしく上下させ不満を吐き続けている。リビングのソファにいる俺の視界に入るのは、両手にそれぞれ絆創膏《ばんそうこう》の箱とシロフクロウのぬいぐるみを持って姉の方に歩いていく蓮くんである。満面の笑みで歩く蓮くんと逆さまになって引きずられるシロフクロウのぬいぐるみと電話口の黄さん。対比がひどいが、黄さんの嘆きは分かる。奥さんに浮気を疑われているのである。昨日土曜、黄さんが珍しく一人で遊びに出かけたところ、ちょうどそのタイミングで、学生時代に彼とちょっと噂のあった友人がSNSで「懐かしい人と逢《あ》ってデートでした♡」と書き込んでいた。その場所が、その日黄さんが出かけた地域と一致していた、という理由で。黄さんいわく自分はその時間には別の街におり、その証拠に妻とも共通の友人である三島木さん（子連れ）に会った時の写真がある、ということなのだが。

ダイニングテーブルの方に座った沙樹さんが電話で話している。

「……うん。そうだね」

――ありえないですよね？　だって陸くん、三島木君と一緒だったんですよ？　私会ってますもん。なんであんなすぐバレる嘘つくの？　信じらんないんですけど。

時々声が大きくなるのと、本人の声を知っているのとで、沙樹さんが電話している相手は分かった。妻の方の黄千尋さんである。さすがに断片的にしか聞こえないが、沙樹さんに対して声高に夫への不満を訴えているようだ、というのは分かる。

つまりどういうことかというと、浮気疑惑で喧嘩《けんか》している黄夫婦の夫の方（黄大樹《ひろき》さん）が俺に、妻の方（黄千尋さん）が沙樹さんにそれぞれ同時に電話をかけ、「妻に浮気を疑われた」「夫に浮気の疑いがある」と訴えているのである。黄さん夫婦とは高校が一緒で、二人とも姉や沙樹さんの後輩かつ俺の先輩だったから、ありえない話ではないのだが、電話がかかってきたタイミングまでほぼ同時だった。この奇跡に何の意味があるのだろうか。ちなみに姉は、同時に電話する俺たちの状況を察したようで笑いながら動画を撮っている。撮ってどうするのだ。

——いやマジでさあ。千尋に言ってやってくんない？　警察官なんだし。

それは関係ないなあと思うが、耳を澄ますと当の千尋さんの方も、沙樹さんに向かって電話口で訴えていた。——先輩からも大樹に言ってやってくれません？　警察幹部なんだし。

「……はあ」

そう。同じ警察官でもいわゆるキャリア組である沙樹さんの方はすでに俺より四つ上の「警視正」で、そのうちまた警察庁に戻る幹部候補生なのである。まあそこはいい。待遇の違いを除けばただの分業でしかなく、現場と幹部どちらが欠けても警察は機能しないし、俺は管理職より現場の仕事がしたくて警察官になったのだから出世は特に望んでいない。そう思って自分を納得させている間に通話が終わる。終わると同時に携帯がまた震える。

画面をタップすると黄さん（大樹さんの方）が送ってきた「証拠画像」が表示された。Tシャツにハーフパンツ、という予想外にラフな恰好《かっこう》の大樹さんが赤ちゃんを抱っこしている。昨年生まれたという三島木さんのところの陸くんだろう。その隣に笑顔でピースサインをしている、白い大きなトートバッグを持ってつばの広いハットをかぶった女性。こちらは学生時代に会った時の記憶のままの三島木さんだった。産後の三島木さんの印象がそのままなのに、大樹さんの方は「あれ？」というくらい腹が出ており、これが幸せ太りというやつなのだろうか、と思う。赤ちゃんの方はうちの蓮くんと比べるとだいぶ小さいが、たしかもう一歳になってはいるはずだった。他人の赤ちゃんを見ると自分の子供が客観視できる。うちの蓮くんはでかい。あと、言っちゃなんだがやっぱり相当可愛い方である。

　屋外の写真だった。撮影時刻は午後四時ちょうど。大樹さんの傍らにはベビーカーが写っていて、背景は見覚えのあるペデストリアンデッキである。端の方に「クリオネ像」が写っているので場所が分かった。実際には抽象彫刻でタイトルも「愛」だったのだが、形がどう見ても「捕食時のクリオネ」[*1]なので俺も沙樹さんもクリオネ像と呼んで

＊1　わりと有名な話だが、捕食時のクリオネは頭部がガパァッと開いて怖い。顎《あご》を外すヘビ、嘴《くちばし》の内側はギザギザで気色悪いペンギン、胃袋を出して直接獲物にかぶせるヒトデ等、たいていの動物は「食べる時の姿は怖い」ものである。

いるオブジェ。つまり場所はJR川野《かわの》駅前だ。そういえば三島木さんは子供ができる前に引っ越して川野市内にいるのだった。

溜《た》め息が聞こえたので振り返ると、沙樹さんが通話を終えてこちらを見ていた。

「……今、ひょっとしてハルくんの方も……？」

高速ハイハイでやってきた蓮くんを抱き上げて膝《ひざ》に乗せる。「うん。大樹さんから。そっちは千尋さんから？」

沙樹さんは頷《うなず》く。「絶対嘘ついてるから尋問してよ、って言われちゃった」

お互い家庭内では仕事の話をしない、というのを原則にしているのだが、周囲の人間は、たとえ今日のような非番であっても我々を「警察官」として扱う。やれやれという苦笑を交わすが、しかしどうも黄さん夫婦の様相は「誰かにひととおり愚痴を吐けば気が済んで終わり」という軽いものではなさそうである。

沙樹さんが首をかしげる。「あそこの夫婦が浮気とか、ないと思うんだけどなあ」

高校時代、大恋愛の末に結ばれたのを後輩として知っている。姉と沙樹さんは先輩として知っている。はずなのだが姉だけは笑っている。「分からんよ？　電撃結婚は電撃離婚になりやすいし、大恋愛は大喧嘩《おおげんか》になりやすいって言うでしょ。そんなもんだって」

「えええええ……やだあ」沙樹さんがテーブルに突っ伏して口を尖《とが》らせる。眼鏡がずれている。「あそこは別れてほしくない」

俺としてもそうである。あまり喧嘩されるとどちらに会っても気まずいものが残る。とはいえ「こっちが気まずいんで喧嘩しないでください」とも言えない。喧嘩の権利は制限できない。

「なんかうまく仲直りしてくれればいいんだけど」よじ登ってくる蓮くんが落ちないよう尻《しり》を支える。「大樹さんめっちゃ怒ってた。嘘ついてるわけないのに、って」

「千尋ちゃんもめっちゃ怒ってた。絶対嘘なのに、って」

眼鏡を直しつつ溜め息をつく沙樹さんと俺を見比べ、姉は一人、腕を組んで楽しげにしている。「なんか、面白いことになってない？　そうまで話がくい違うってどういうこと？」

俺は電話で大樹さんがしていた話を繰り返した。自分は、問題の日のその時間帯は川野駅周辺にいた。全員共通の知人である、元同級生の三島木舞《まい》さんとたまたま会いお茶をしていた。三島木さんは一歳になる息子の陸くんを連れており、大樹さんは陸くんと遊びつつ、これから子供を作る予定があるため、三島木さんから「妊娠中は夫がどうしてくれると嬉しいか」を教わったりしていたらしい。大樹さんからすればその時間、千尋さんの助けになれるように、と自ら学んでいたのに、浮気していたなどと言われてはなるほど腹が立つわけだ。

「なるほどねえ」姉は勝手に出してきたさきいかを何も飲まずに齧《かじ》っている。そういえばこの人は子供のころからよくこういうことをして、母に「喉《のど》渇かないの？」と呆《あき》れられていた。「続いて検察側、冒頭陳述を」

「えー……順序、逆[*2]……」

沙樹さんはぼやきながらも、電話で千尋さんがしていた話を繰り返した。

「千尋ちゃんいわく、ね」沙樹さんから見ると千尋先輩も「千尋ちゃん」である。当たり前だが変な感じだ。「大樹君が三島木さんと陸くんと会ってた、っていうのがそもそも嘘だってはっきりしてるんだって。なぜならその時……午後四時頃、千尋ちゃんも陸くんと会ってるの。陸くん、パパと……三島木駿《しゅん》さんだっけ？　駿さんと一緒だったって。ＪＲ西《にし》千《ち》穂《ほ》駅前で会って、ちょっと話したから間違いないって言ってる」

姉が腕組みをして「んん？」と顎を突き出す。俺も混乱した。

大樹さんは「午後四時頃、陸くんを連れた三島木舞さんと川野駅で会っていた」と主張している。

だが千尋さんも「午後四時頃、陸くんを連れた三島木駿さんと西千穂駅で会っていた」と主張している。

そして川野駅と西千穂駅は電車で十五分。直線距離にして三十キロ近く離れているのである。

「……どういうこと？」首の周囲を回って背中側から落ちようとする蓮くんの肩を支えて膝の上に戻す。「駿さんの方が、陸くんじゃなくてよその子を連れてたってこと？」

沙樹さんが首を振る。「陸くんだよ。駿さんがそう言ってたし、こないだも会ったから間違えるわけないって、千尋さんが」

三島木夫妻と陸くんには、俺たちも黄さん夫婦も会ったことはあるわけで、人違いということはありえない。まあ、そうでなければあの千尋さんが、大樹さんの嘘だとここまで決めつけたりはしないだろう。だが。

「……大樹さんも同じこと言ってたよ。大樹さんも陸くんに会ったことあるし、舞さんもそう呼んでたって」

写真まで撮ってあるのだ。しかも大樹さんは、ご丁寧に添付ファイルで送ってきた。写真に付属している「撮影日時」のデータを示すためだろう。

「つまり」姉がなぜか楽しげに、ふふん、と笑う。「黄夫婦のどっちかが嘘をついてるわけだ」

「なんで楽しそうなんだよ……」しかし、論理的にそういうことになる。「……でも、まるで鏡合わせだよ。どっちが嘘ついてるかって言われても」

姉は人差し指を立てる。「甘い甘い。チューブ練乳直飲みくらい甘い」

＊2　刑事裁判では先に検察側が「こういう理由で被告人が犯人である」という「冒頭陳述」を行って証拠調べを請求し、その後に弁護側が「こういう理由で被告人は犯人ではない」という意見陳述を行う（※被告人が犯行を認めていない「否認事件」の場合）。「疑わしきは被告人の利益に」という観点から、心理的に有利な「後攻」は弁護側にするのである。

「うげっ。やったことあんのかよ」

「涼子たまにタガ外れるよね……」沙樹さんは目を細める。

「……どっちが嘘ついてるか、分かる？」

「そこまではまだ、ね」

姉はこちらに手を伸ばして携帯を要求し、大樹さんが見せてくれた「証拠画像」を見た。「でも、条件は対等じゃない」

言われてみればそうだ。俺は再びよじ登ってくる蓮くんのバランスが崩れそうなので腕を回して抱き上げ、膝に戻す。

「……大樹さんの主張には証拠写真という物証がある。千尋さんの方にはそれがない」

ついでに言うなら、あらかじめ言い訳用にトリック写真を用意していた、という線もない。千尋さんがSNSを見て大樹さんの浮気を疑ったのが、そもそも偶然だからだ。大樹さんは千尋さんに追及されて慌ててそれを見せたのだから、トリックを仕込む時間がない。

つまり、嘘をつけるのは千尋さんの方だけだ。

だが、姉は立てた人差し指を揺らした。「ちがーう。甘い。焼いたドングリくらい甘い」

「甘かったっけ？」

「甘いつってたじゃんあんた。適当に拾いまくってたからどれがそうなのか分からなかったけど」

「……普通に公園とかに落ちてるの食べたの？[*3]」

「姉ちゃんあの時『先に食べていいよ』って言ってて、当時は『珍しく優しいな』って思ってたけど、あれ要するに」

「はい話を戻す」沙樹さんに睨《にら》まれていることに気付いたのか、姉はパンパンと手を打った。「あのね。千尋ちゃんは嘘をついてないはずなのよ。ついてるとしたら大樹の方」

「なんで」結局また蓮くんがよじ登ってくる。お尻を支える。首まわりが唾液《だえき》でびしょびしょである。「千尋さんの方が裏付けがないだろ」

「それと同時に理由がない」姉は蓮くんと目が合った一瞬だけ相好を崩し、またすぐに真顔になる。「忘れたの？　そもそもこの件は、千尋ちゃんの方が大樹の浮気を疑いだしたところから始まってるの。浮気なんてしていない、っていう物証が出てきたらひと安心で、それでおしまいのはずでしょ。なんで『私も陸くんを連れた三島木と会った』なんて嘘をついてまで追及を続けるの？」

言われてみればそうだ。大樹さんには物証があるが、千尋さんには動機がない、ということになる。

沙樹さんが体を起こす。「でもそうなると、どっちも嘘をつけないってことにならな

＊3　おなかを壊すので真似をしてはいけません。

い？」

「そうなんだけどね」姉はこちらを見て鼻を鳴らす。「蓮くん、うんちしてない？」

「本当だ」お尻を嗅《か》いでみると、確かにしていた。「なんでそこから分かるんだよ」

沙樹さんが残像を残さんばかりのスピードで立ち上がり、バスタオルを床に広げておむつ替えセットを並べる。そこまで焦らなくてもいいのだが、自分が家にいる間は絶対に自分がやる、と思っているらしい。

蓮くんのズボンを脱がせ、中華料理の花巻《ホアジュアン》を思わせるムチムチスベスベの脚をつつきつつ寝かせる。「……つまり、大樹さんの方が、何らかの事情であらかじめ、トリックを使った『証拠写真』を作っていたとか？」

「あるいは千尋ちゃんの方に、『大樹に疑いをかける』というシチュエーションを作りたい理由があった、とか」姉は広げたおむつを見てまた鼻を鳴らす。「カットメロンばっかり食べさせすぎじゃない？」

「イヌかよ」においで分かるはずがないのだが。「食いが全然違うからつい。……でも、どっちにしろかなり異常事態じゃない？」

「そうだね」姉は口角を上げた。「黄夫婦に何か起こってるかも。もう少し確認したいとこだね」

蓮くんの両足を摑《つか》んだまま沙樹さんが振り返り、溜《た》め息をついた。

「涼子。……笑いごとじゃないかもしれないよ？」

2

キッズカフェというからもっと賑《にぎ》やかだと思っていたのだが、予想外に静かだった。一歳半くらいの女の子が一人、さっきから「あ！　ちゃん！　て！」と宇宙語の呪文《じゅもん》を上機嫌で叫び続けているだけで、他の子たちはわりと大人しく絵本を読んでもらったり、ビーズコースター*4のビーズを往復させたりしている。子供たちがハイハイで遊べる座敷席はあまり広くなく、さっきも這《は》ってきた子が俺の背中にぶつかって母親に引き戻されたりしていたが、それでも駅前一等地のビルで回転率の悪そうなこうした店をやってくれているのだから感謝しかない。

陸くんが三角の積み木を笑顔で差し出してくるのでありがたく受け取る。「いいですね、こういう店。藤原《ふじわら》駅前にもあってくれたらなあ」

「あーそうか。ハルくんち藤原だもんね。児童文化センターとか行ってる？　地域の住民ならタダだし、地元の人しかいないから穴場だよ」

＊4　小説で書くには全く向いていない、説明のし難い知育玩具《がんぐ》。要は「手で押せるジェットコースターのミニチュア」で、コースターのかわりに針金に通されたビーズを走らせて遊ぶ。実物を見ればあれだと分かるのだが、見ないと永遠に分からない。

「あ、それもノーマークでした。もっぱら公園か、室内遊び場ばかりで」

「うちのも連れてったことあるけどね。絶対楽しいけど頻繁には無理じゃない？」

「お金的にそうですよね。あ、でもうち、川沿いにいい公園あるんですよ。小さく動物園ぽいのも併設されてて」

「えっマジで？　教えて？　今度一緒に連れてかない？」

育児は情報戦である。離乳食は何がいいか。抱っこ紐《ひも》や食器やマザーズバッグなど、どれが使ってみて良かったか。近所に子供を遊ばせられて、なおかつあまりお金がかからず、できれば真夏や真冬でも行けるような屋根のある場所があるか。顔周りの湿疹《しっしん》を早く治すには何がいいか——etc.etc.。役立つ情報は実体験に基づいた現場の報告しかない。育児は現場で起こっているのである。

なのでついそういう話を続けてしまったが、本当の目的は違うはずだった。黄夫妻から同時相談を受けた翌日月曜日、俺は久しぶりに三島木さんに連絡をとって川野市まで会いにいき、家は散らかってるから、という（育児中はどこもそうだ）三島木舞さんの提案で近所のキッズカフェに行った。蓮くんは陸くんと初対面だったが、特にお互い警戒するでもなくなんとなくやりとりをしたりしなかったり、そこらの物で遊んでいる。一応物の取りあい程度は発生しうる年齢だが、今のところ大丈夫なようだ。

「やーしかし、ハルくんすっかりパパだねえ」

舞さんは一体どうやっているのかコーヒースプーンを指の上でくるくる回転させつつ、

陸くんを膝《ひざ》に乗せている俺をまじまじと見てくる。「育休取るなんてね。復帰いつ予定？」

「もうすぐです。九月なんですが」そういえばこの人は学生時代もよくペンなど回していたな、と思い出す。「時短の制度とかなくて。捜査一課に戻れるかどうか、もうすぐ分かるはずなんですが」

「勤め人は大変だねー。でもおかしいよね？　どっちかがキャリア諦《あきら》めないといけないとか」

「休んでる期間に実績が積めないのとか、時短の分実績が積めないのはもう、仕方ないんですけどね」

「公務員、お堅そうだしなあ」

そう言う舞さんはフリーランスであり、イラストレーターをしている。夫の駿さんの方は漫画家であり、現在は某ヒット小説のコミカライズを連載しているが、時折メッセージをやりとりするので近況はおおよそ把握していた。ウェブ上で新刊の告知など目にすると、知人が「作家」としてペンネームで見せている仕事の顔、というのがなぜか少し照れくさいというか、変な感覚になる。そこまで親しくないのに「うちの駿をよろしく」と言いたくなる。

なぜか俺の膝の上でマラカスを振っている陸くんを見る。この子が保育園に預けられていないということは、舞さんが活動休止して家で見ることにしたのだろう。駿さんが連載中であれば普通の判断なのかもしれないが、それを話題にしてよいのかどうかは迷った。

「そういえば黄さんとこは子供、どうなんですかね」

「できたって話は聞かないけど、作らない、って話も聞かないね」

「まあ、他人が口を出すことじゃないですよね」

黄大樹さんとした話について触れる気はないようだと確認する。友人に対して事情聴取をするというのはどうにも落ち着かない。「うちももう『二人目は？』って訊《き》かれますし」

「二人いると『三人目は？』って訊かれるらしいよー。きりがないよね」

「ぱ！」

何やら突然呼ばれたと思ったら、なぜか蓮くんが、ちょっと離れたところで仁王立ちしつつこちらを呼んでいる。「ぱ！　ぱーぱ！」

「おっ？　蓮くんどうしたの」

「あー、焼きもちですね。ちょっとごめんね」

俺が陸くんの方を膝に乗せているから、それをやめてこっちに来い、ということなのだろう。申し訳ないが不満げな陸くんを抱き上げて舞さんに渡し、「勝った」とばかりに満面の笑みを浮かべる蓮くんを抱っこして戻る。あれだけ要求したくせに、蓮くんは俺が座るともう膝の上から這い出て、さっきまで積み上げていたウレタンブロックの方へ戻っていく。昨年はまだ周囲の状況やされたことに対して「反応」を返すだけだったのに、今では明確な「意図」を持って行動し、周囲に「主張」するようになっている。おお「個人」になってきたぞ、と思う。その間に舞さんはバッグからストローマグを出し、陸くんにお茶を飲ませている。特に興味がなかった様子なのに、ストローが目の前に来るやすごい勢いで飲み始めた。

「……口に入れるものは逃がさない、って感じですね。たくましい」

「蓮くんの方がすごくない？　大きいよね」

「産まれた時は普通のサイズだったんですけど、ミルク２４０mlとか飲んでたので。……陸くんは華奢《きゃしゃ》な方ですよね。何グラムでした？」

「たしか３０００くらいはあったかな。細いからよく女の子に間違えられる」

喋《しゃべ》っている間に陸くんがストローをくわえて振り回し、お茶を飛び散らせる。舞さんはいつものこと、といった様子でマザーズバッグからミニタオルを出して拭《ふ》く。

だが、それを見て何か、引っかかる感覚を覚えた。舞さんが隣に置いているマザーズバッグだ。薄いピンク色をした大型のトートバッグで、陸くんの荷物を全部入れてもパンパンにならずにまだ余裕がある。うちと同じでかなりあれこれ入れているようだが。

……このバッグは。

俺の視線に気付いたのか、舞さんがバッグを持ち上げてみせる。「ん？　これ？」

「あ、はい。……使いやすそうですね」

「あー、けっこういいよ。どこで買ったっけなあ。覚えてないけど」

「ほんと、荷物増えますよね。家の中も……おうっ」蓮くんがやってきて、膝の上に倒れ込んでくる。

そのまま抱きとめて胡坐《あぐら》の中に座らせる。気付きかけていた何かがそれで飛んでしまった。「正直、甘く見てましたよ。こんなに子供中心の生活になるって思ってなかった」

「まあね。今はやっと、ちょっと楽になったかな」三島木さんは傍らの陸くんをじっと見た後、不意に口調を変えた。「黄夫婦のこと？　揉《も》めてるみたいだけど」

「……まあ、そうです」

どう話を振るか迷っていたが、むこうから言われてしまった。聞き込みだとすればいささか下手糞《へたくそ》ということになるが、仕事モードを友人知人に対して使うのを躊躇《ためら》っていた部分もある。ここは素直にやっていいだろう。俺は黄夫婦それぞれの主張を舞さんに伝えた。

「浮気ねえ」舞さんは今度は驚くべきことに、ティーソーサーを中指の上で回した。「子供できるとそれどころじゃないけどね。まあ二人きりのうちは分かるかなあ。そこそこ親しいよその女と二人きり」

言われてぎょっとした。つい周囲を見回す。「ここ大丈夫でしょうね？」

「いやあと二人いるから」舞さんが蓮くんを見て陸くんを指さす。

そもそも子連れでこうして会う相手はほとんど女性になる。これからできるのか知らないが近所や保育園などのママ友も当然女性である。女性同士なら気を遣わなくていいのだろうが。

「心配いらないって。浮気したとしても、あの沙樹さんなら二日で証拠掴《つか》むから」

「しませんよ」何がどう「心配いらない」のかは不明だが。「……で、つまるところ、黄さん夫婦の証言は」

「話聞いてやっと分かったよ。あれは」舞さんは陸くんがハイハイで座敷席から出ようとしているのを見つけて立ち上がると、ひょいと片手で抱き上げて戻ってくる。一瞬回すのではないかと危惧《きぐ》したがそんなことはなかった。「……どっちも嘘、ついてないよ。べつに」

「え？……じゃあ大樹さんと会ったんですよね？　陸くん連れて」

「うん。そうなんだけど、千尋ちゃんの言ってることも嘘じゃないと思うよ」

「というと？」

「私は確かに一昨日《おととい》の午後……四時頃まで？　川野駅で大樹君の方とお茶してたよ。あっち側にもベビーカーで入れる店があるの」舞さんは膝立ちになって窓の外を指さす。「でも、千尋ちゃんが言ってるのも本当だと思う。あれでしょ？　千尋ちゃん、西千穂駅あたりで会ったんでしょ」

　沙樹さんからはそのように聞いていたので頷《うなず》く。すると舞さんが返してきたのは、極めて平凡かつ穏当な答えだった。

「私あの日、大樹君と別れてすぐ、旦那《だんな》に陸、任せたんだよね。西千穂駅前で渡して、そのまま東京に飲みに行ったの」

「ということは……」

「たぶん千尋ちゃんの方で、時間ちょっと勘違いしてるんだと思うよ。千尋ちゃんが西千穂駅でうちのと陸に会ったのは、正確に言うと午後四時半頃だと思う」

「……なるほど」

川野駅から西千穂駅までは上り線各駅停車で約十五分。電車の待ち時間が十分だとして、それなら計算は合う。なんのことはない。二人とも本当のことを言っていたのだ。たまたま陸くんが移動する経路に、黄夫婦が二人ともいた。

「なんだかんだでみんな、行動範囲かぶってるからね」

舞さんは苦笑する。なるほど珍しい偶然。昨日の電話のタイミングと合わせると奇跡の無駄遣いである。だが考えようによっては、そこまで奇跡ではないのかもしれない。黄夫婦があああして揉めた時の相談相手として俺と沙樹さんが挙がることはおかしくないし、舞さんの言うとおり、行動範囲もかぶっている。

舞さんと別れて家に着くあたりで姉から連絡が入った。姉は三島木駿さんの方に電話で確認を取っていたが、駿さんいわく、確かに千尋さんと会ったのは「午後四時」ではなく「四時半前」だったという。午後四時半頃に西千穂駅で陸くんを受け取り、帰宅した、というのも、舞さんが言っていたことと一致した。

前出の「パトリシア・アン・キャンベル」だって、考えてみればそうだ。この名前自体が当時非常に多い名前だったし、当時の女性の職業が簿記係だというのも、結婚相手が軍人だというのも、非常にありふれたことである。女性の年齢が一緒であれば結婚のタイミングもだいたい一致するし、結婚のタイミングが一致すれば子供ができるタイミングも一致する。油絵の趣味にしても当時の婦人層にはありふれたものだろう。奇跡とはけっこう、そんなものなのかもしれない。

だが、俺の中に違和感がそのまま残っている。

姉の話を聞いてから、大樹さんから送られてきた「証拠画像」をもう一度見た。撮影は確かに午後四時頃。場所はJR川野駅前。

そして今日会った三島木舞さんは、薄いピンク色のマザーズバッグを持っていた。これはどういうことなのだろうか。

ごいん！　といういい音が響いたが、たぶんそれは俺の頭の中だけで、周囲には特に音は響いていないだろう。目の前に火花が散ったが、これも周囲にはただ単に俺がひっくり返っただけにしか見えていないだろう。意外なことに痛みはなかったが、一瞬だけ体が平衡感覚を失った。なかなかすごい。うちの蓮くんは一歳一ヶ月にして綺麗《きれい》に意識を刈り取ってくる。

もらったのはパンチではなく頭突きで、座って遊ぶ子供の後ろにくっついていたら子供が突然立ち上がって頭突きをくらう、という育児によくある「頭突きアッパー」である。[*5] もう少し大きくなると歩行中に突然足の前に躍り出てきて転ばされる「斜行足払い」も加わるらしい。怪我をしないで乗り切れるだろうか。ちなみにダイニングテーブルで乾燥ホタテ貝柱を齧《かじ》っている姉は全く心配してくれず、あはははいいとこ入った、と笑って動画を撮っている。子供の頃はもう少し心配してくれたと思うのだが。

とにかく顎《あご》をさすり、口を開け閉めして異状がないことを確かめてから、気付いたことを言う。「いま送った画像見て」

送ったのは大樹さんが「証拠」として送ってきた、JR川野駅前の画像である。大樹さんと舞さんと陸くん、それにベビーカーが写っている。そして写真の中の舞さんはマザーズバッグをかけている。

気付いたというか、思い出したのだった。写真の中で三島木舞さんが持っていたバッグを。

「このバッグ?」姉はリアルなアロワナ型をした自分のバッグを見る。「まあ、確かに白だね。ピンクではない。光の加減でもピンクが白にはならないかな」

「黄大樹さんにも確認した。うろ覚えだけど舞さんの持ってたバッグ、『白かピンクかでいえば絶対に白のほう』だって」

だが、俺が昼間会った舞さんはピンクのマザーズバッグを持っていた。「……おかしいよね?」

形は同じだったと思う。つまり、一昨日の画像と今日とで、舞さんの持っているバッグの色が変わっているのだ。

これは奇妙なことだった。マザーズバッグはミルクにおむつにおむつ袋におしり拭きに母子健康手帳に水筒にミニタオルに……と、子供を連れて外出する際の必需品を山ほど入れるから、そうそう取り替えたりはせず、中身もずっと入れっぱなしなのが普通である。

「一昨日から今日までの間に買い替えたってことは？」

「ない。『どこで買ったっけなあ。覚えてないけど』って言ってたよ。買ったのはだいぶ前だ」それでも一応、可能性はすべて潰《つぶ》してみることにする。「洗濯する間用にもう一つ買った、ってことはあるかな？」

「バッグはそうそう洗濯しないね。そもそも、できないやつが多い」姉は自分のアロワナバッグを見る。「……なるほどね。つまり舞ちゃんは同じバッグを、色違いで二つ買っている。しかも一昨日と今日で違う方を使っている」

「そう。……どう思う？」

説明のつかない奇妙な行動である、ということは分かる。だがそれが何を示すのか、

＊5　これ以外に、子供は愛情表現で頭突きをしたりする。ネコの甘嚙《あまが》み等とは違って普通の頭突きなので、普通に痛い。

それともただの気まぐれによるもので何も示さないのかが分からない。手の中に鍵《かぎ》があるのにどこの鍵だか分からない。

蓮くんが「たぉーや……」と自分にしか分からない言語で呟《つぶや》きながらこちらにトコトコと歩いてきた。なぜか右手にテレビのリモコン、左手にBDプレーヤーのリモコンを持った二刀流である。そしてなぜかこちらに突き刺さんばかりの勢いでテレビのリモコンを差し出してくる。ありがとう、と言って受け取ると、蓮くんは姉の方に急いで歩いていき、BDプレーヤーのリモコンを姉に差し出した。姉がキャー！　ありがとー！と派手に喜んでみせる。

それを見て気付いた。……そういうことだ。

「姉ちゃん。分かったかも。これって」

言って立ち上がりかけた時、蓮くんがベシッと転んだ。大泣きする蓮くんに駆け寄って抱き上げる。もろに顔面からいったが、怪我はしていないようだ。

痛いねー大丈夫だよー、とあやしながら考える。頭の中で論理を積み上げていく。カチリ、カチリ、と綺麗に嵌《は》まっていく感触がある。そうだ。あの時のあの発言も、あの発言も。記憶領域内でうっすら発光するような存在感を持っていたいくつかの発言。それがすべて、パズルの連結部分であったことが分かる。それが自分だけの妄想でないことを確かめるため口に出して整理してみると、場合によってはかなり深刻な事態である可能性に気付いた。話しながら背筋がぞわりと冷えるのを感じたが、姉は頷《うなず》いた。

「……あそこの夫婦に限って、ヤバい事態はありえないと思うけど」姉は微動だにせず目を細めている。「……確認しにいった方がいいね」

「今から？　蓮くんまだお風呂《ふろ》入れてないんだけど」

「私明日《あした》、法廷入ってて休めないから」

言う間にもう立ち上がっている。従うしかなかった。出る前におむつを替えて沙樹さんに連絡をして、と、急いでやるべきことを順序立てつつマザーズバッグを出す。そう。こういうバッグは持ち替えたりしない。ただでさえ子供を連れてのお出かけは準備が多いのだ。いちいちバッグに物を入れ直すようなことはせず、常備しているのが普通である。つまり。

もう、はっきりしていた。黄夫婦はどちらも嘘をついていない。もちろん浮気もない。嘘をついているのは三島木さんだ。舞さんだけなのか、駿さんも一緒なのか。

そして三島木家には、今、何かが起こっている。黄夫婦の浮気疑惑どころではない何かが。

3

窓を開けてみても温度は変わらなかった。昼間はそこそこ暑かったが、夕方から気温が下がって落ち着いたようだ。これならエアコンを消せるからエンジンも止められる。

駐車場とはいえ住宅街だ。夜間のアイドリングには抵抗があった。

だが、エンジンを止めてすぐに人影が近付いてきた。街路灯の明かりで照らされ、三島木舞さんだと分かった。ドアを開けて車外に立つ。姉も蓮くんをチャイルドシートから降ろして出てきた。静かな住宅地に、車のドアを閉めるバン、という音が二つ続いて響く。

舞さんはこちらに来るが、声をかけてきたりはしなかった。いきなりこちらが来たのは予想外だったのだろう。

「久しぶり」

姉が手を振り、会釈した舞さんに言う。「やっぱ家には上がられたくない？」

舞さんは無言だった。電話で「これから行く」と伝えたら、彼女は慌てて「家は散らかってるから、とりあえず近くの駐車場に」と言ってきた。それほど家を見られたくなかったということだ。

それも当然といえる。姉が言った。

「あなたは昼間、うちのハルと会った時はピンクのバッグを持っていた。でも一昨日《おととい》、黄大樹と会った時は白いバッグだった。デザインは同じ。つまりあなたはなぜか、マザーズバッグを色違いで二つ買い、日によって違うものを持ち出している」姉が抱いている蓮くんを揺すり上げる。蓮くんはまだ状況が摑《つか》めずにきょろきょろしているようだ。

「普通、こんなことはしないよね。マザーズバッグの中身をいちいち入れ替えるのは手間だし、そういうことをしていていざ出かけた時に入れ忘れがあったら困るし。そもそも二つ買う必要がない」

　舞さんの方はもう、何を言われるか察しているのだろう。困り顔で目をそらしている。姉は気にせず続けた。

「それだけじゃない。そもそも一昨日の、あなたと駿の行動もおかしかった。あなたは東京に飲みに行くから、十六時半に駿と待ち合わせをして陸くんを渡す。それ自体はいいよ。だけどそれなら、どうして自宅の最寄りの川野駅にしないの？　駿の方は言ってたよ。陸くんを受け取ってそのまま家に帰ったって。それならあなたがわざわざ西千穂まで行く必要はない。もう少し待ってて、川野で陸くんを渡せばいい」

　ただでさえ、赤ちゃんを連れての電車移動は大変なのだ。俺なら、いや世界中のどの親でもそうするだろう。

　俺も言った。

「昼、会った時、陸くんの出生時体重を訊《き》きました。あなたは『たしか3000くらいはあったかな』と答えましたよね。沙樹さんにもうちの子の出生時体重、訊いたんですけど、すんなり答えましたよ。3122グラム、って」そもそも訊くまでもなく俺も覚えている。「自分の子の出生時体重って、そんなにすぐ忘れるものでしょうか？」

　沙樹さんによると「この大きさのものを産んだ」という感慨があるから忘れない、とのことである。まあ、分娩《ぶんべん》時の状況は人それぞれだから、これについては絶対とは言いきれないのだが、そもそも入院中にＩＤよろしく何度も記入させられるらしい。

蓮くんがこっちに向かって手を伸ばして身を乗り出す。姉が落としそうになったので急いで受け取った。蓮くんはまだ、抱っこから落っことされる可能性というのが頭にないらしい。

「で、これらのことから導かれる結論は一つ」姉は人差し指を立てる。「あなたは……あるいは駿の方も一緒に、嘘をついている。今、うちらを家に近付けないのも同じ理由。見られちゃまずいもんね。もう一人の方を」

舞さんは目を伏せる。どうやら正解のようだ。

つまり、そういうことだった。三島木さんのところには、子供がもう一人いる。陸くんは双子だったのだ。

おそらくは長時間見せていた「舞さんが抱いていた子供」の方が陸くんだっただろう。そして同時刻、双子のもう一人を抱いた駿さんと黄千尋さんが出会っていた。三島木家の子供は陸くん一人、ということになっていたから、駿さんは慌てて「もう一人」の方を「陸」と呼んだ。それが黄夫妻の喧嘩《けんか》の原因だ。実際には赤ちゃんは二人いた。一昨日、島木夫妻は双子の片方ずつを連れて別々にお出かけしていたのだ。一人で二人を見るのは大変だから、夫婦で話しあってそうすることにしたのかもしれない。完全に一人になりたい時はもう一方が一緒に二人とも見ることになるのだろうが。

だからマザーズバッグも、同じものの色違いを二つ買っていた。ベビーカーは二台と言えば二台だが、あれは双子用に横に二連結できるタイプだろう。ばらばらにして二台にできる双子用ベビーカーというのが売っているのだ。蓮くんが両手に持ったリモコンを一つずつ渡してきたため気付いたのだが、当の本人は我関せずという顔で俺の袖口《そでぐち》をガジガジしている。

そしてその事実を隠したかった三島木夫妻は、自分たちが黄夫婦と「二か所で同時に」会ってしまった、というまずい状況になったことに気付く。おそらく昨日の俺たちと同様、黄夫婦から両方に確認の電話でもあったのだろう。黄夫婦の見た子供がどちらも陸くんであった場合、どちらかの話が嘘、ということになってしまう。困った三島木夫妻は、証拠画像のない千尋さんの方の証言を変更することにした。千尋さんの方と会ったのはやっぱり午後四時半ころで、たまたまそこに移動していたのだ——と。

しかしそれが新たな不審点を生んでしまうことになった。舞さんは陸くんの出生時体重を覚えていなかったわけではないのだろう。だが正直に答えると双子だとばれてしまう。双子の出生時体重は平均で2200グラム前後。単胎児であれば低出生体重児の体重なのだ。だが舞さんは、とっさにそれらしい数字を言えずに曖昧《あいまい》に答えてしまった。

「いや、すみません。あまり詮索《せんさく》するのもどうかとは思ったんですが……」

だが放置もできなかった。三島木夫妻は双子を一人だと偽っている。陸くんでない方のもう一人がいないことにされている。ことによると、かなり深刻な事態が進行している可能性があった。

だが、舞さんは目を閉じて腕を組み、うー……と唸《うな》った。それを見てほっとする。少なくとも犯罪に関わる事情ではないようだ。

「……ごめん。ちょっとうち、来てもらっていい？　駿にも相談するわ」

あまり深刻そうでないわりに、一存では決められないらしい。まあ心配がないようならいいのだが、と舞さんに続くが、姉は携帯を出して言った。

「事情はもう知ってるけどね。駿のSNS見たから」

舞さんが振り返る。姉は俺に携帯を見せてきた。SNSの画面が表示されている。

　沼津木シン＠まそてんスピンオフ6巻発売中！

噂に聞いていたバスの乗車拒否をされました。ベビーカーを畳まないと乗せないと言われました。畳めるわけねーだろ！　市バスマジでおかしい。公共交通機関なんだから対策しろや

↳117　👍32888

数ヶ月前、双子がまだほんの小さい頃の書き込みだ。これが「事情」の原因になった。鍵《かぎ》はかけていなかったらしい。戸建ての玄関前に来ると、舞さんは「駿ー。バレた！どうするー？」と言って無造作にドアを開け、中に消えた。その間に姉に訊く。「この書き込みが嘘をついた理由？」

「でしょうね。だいぶ広まったみたいだし」姉は携帯をしまう。「もちろん、ほとんどの人が駿……沼津木シンに好意的だった。どこの市バスなのか教えろ、乗務員の名前を晒《さら》せ、なんて言う人も出てきてたけど」

「……厄介だね」

ネット社会ではよくある話だった。抗議の声をあげる。賛同する人が集まってくる。そこまではいいが、問題はその中に『『正義』を口実に他人を攻撃したいだけの奴」が相当数交じっていることだ。本人たちには何の法的責任もない「加害者家族」を中傷したり家に無言電話をかけたりするのもこうした連中で、近年、警察は耳目を集める事件があるとそうした二次被害にも気を配らなくてはならなくなった。人間は他人を道徳的に攻撃している時、脳内に快楽物質が出ている、という研究結果もある。「正義」が心地よいのか、他人を攻撃することが心地よくて「正義」はただの口実なのか、そこは分からないが。

「……なるほどね。今は駿さんたちが正しい、という空気になってるけど」

ここで言われている子供が「双子」だと分かったら。「ベビーカー」が横幅の広い双子用だと分かったら。

駿さんとしてはただ単に「『双子である』と書いていないことに気付いていなかった」だけで、隠すつもりはなかったのかもしれない。だが、おそらく大部分の人間は掌《てのひら》を返す。双子用ベビーカーは「さすがに」図々《ずうずう》しい。それを隠して支持を集めるのは卑怯《ひきょう》だ。

よくも俺たちを騙《だま》したな。俺たちは被害者だ――というわけだ。前述の攻撃人間たちは新たな獲物とばかり、今度は三島木さんを袋叩《ふくろだた》きにするだろう。

だから三島木夫妻は子供が双子であることを隠した。もちろん産んだ病院や親族は知っているだろうし、出産直後に連絡を取ってすでに知られている友人はどうしようもない。だがそこに口止めをし、周囲の友人知人にばれないようにすれば、そのうちの誰かがネットで書き込みをして一般にばれる、という可能性は小さくなる。ほとぼりが冷め、皆が今回のSNS騒ぎを忘れたころに情報解禁するつもりだったのだろう。

……双子であることを隠さなければならない状況。

普通のベビーカーに関しても、日本社会ではまだ到底、受け入れられているとは言い難い。だが双子用ベビーカーに対してはさらにひどい。「さすがに」幅を取りすぎだ、という意見が途端に多くなる。実際は三人で三人分の幅を取っているに過ぎないし、双子の親が自分で双子を選択したわけでもない。なのに産まれた子が双子だと、親は通常の育児よりかなり割増で苦労をしなければならなくなる。駅の改札が通れないことも多いし、公共交通機関の利用はほぼ絶望的だ。自家用車を持っていない人間は外出が徒歩圏内に限定される。もともと双子育児は大変で、乳児期はただでさえ取れない睡眠時間が「まったく」取れなくなったりする。一人ずつ順番に寝かしつけなくてはならず、二人目が寝付く三十分後に一人目が起きたりするのだ。一回あたり二十分、母乳であれば一日七、八回は繰り返す授乳の時間が倍になる。40分×8回ならそれだけで320分＝

5時間以上ということになってしまう。それに加えて外出が難しいという自宅軟禁に近い状態が続き、鬱病《うつびょう》を発症する親も多い。そういう状況の人に対して必要なのはより手厚い支援のはずなのだが、社会の空気はそうではない。他人事《ひとごと》のレアケースとして聞き流される。

大抵の社会問題がそうだった。「自分は当事者じゃなくてよかった」「当事者は大変だね」――大部分の人間がそこまでしか考えず、幸せな無関心に戻る。正直なところ、俺だって思ったことがあるのだ。「うちの蓮くんは一人でよかった。双子とかだったらやばかった」と。完全に他人事扱いだ。「育児中」という点で俺は「当事者」だった。だが「多胎育児」というさらなる当事者のことは見ていなかった。今回の騒動だってそうだ。当の三島木夫妻が嘘をついていたとしても、「子供ができた」＝「双子かもしれない」という視点があれば、もっと早く真相に思い当たっていたのではないか。

腕の中で蓮くんがもぞもぞ動いた。寝てしまったらしい。自分がいつの間にか下を向いていたことにも気付いた。

だが、姉がつついてきた。

「言っとくけど、双子は大変だけど、それだけじゃないからね」

三島木舞さんが出てきた。後ろから駿さんも出てきた。左右の手で一人ずつ、同じ顔をした赤ちゃんを両側に抱っこしている。

「……すいません。ご心配をかけたようで」

駿さんは苦笑して姉と俺に頭を下げる。「こっちが陸、こっちが海《かい》です。ほら陸、海。吉野君だよ。……今は秋月君か」

挨拶《あいさつ》を促された二人が同時にこちらを見る。陸くんは俺のことを覚えていたのだろう。「きゃ」と笑顔になる。それを見た海くんも笑顔になる。同じ笑顔が二つ。

「……うっわ。かわいい」

帰りの車の後部座席で、姉はずっと蓮くんに話しかけていた。「いい？　あれが違法駐車。いーほーうーちゅーうーしゃ」「いおう、ちーしゃ！」「ＯＫ。あ、今いたのが酔っぱらい。よーっぱーらーい」「い！」「あれがＮシステム。えーぬーしーすーてーむ」「えういすてむ！」なんだか警察関係の用語だけ発音がちゃんとしている気がするが気のせいだろうか。「……そんな頑張って難しい単語覚えさせなくても」

「えー。だって今、レベルアップタイムでしょ。事件解決したし」

「そんなシステムねえよ」

確かに蓮くんは育休中、こちらが事件を解決するタイミングで不思議と目に見える成長をしていたが、もちろんそんなものはただの偶然である。だがそうだとすると、刑事事件にならずに終わった今回だけ特にそうなる様子がない、というのもただの偶然なのだろうか。

「……まあ、事件でなくてよかったけど」

ハンドルを回す俺に姉が言う。「微妙にがっかりしてる?」

「まさか。してはいない……けど」

ハンドルを戻し加速する。「けど」、ではある。刑事事件だったら自分が解決できる。解決すれば、それがまた「育休中の実績」になるかもしれない。そう考えた部分は本当になかっただろうか。

「気にしすぎなさんな。なるようにしかならないんだから」

姉が言う。俺は頷《うなず》いてみせた。

蓮くんは九月から保育園への入園が決まっている。俺も時短制度を使って職場復帰する。その時の俺の部署が、時短勤務の前例がある事務方になるか、捜査一課になるか。

それがまだ決まっていない。

だがもう連絡が来る頃だ。俺はどうなるのだろうか。

父親刑事

1

捜査が何に似ているかといえば、月並みだがやはり「発掘」に一番似ている。「宝探し」ではない。宝探しは宝を見つけた時すぐにそれと分かるからだ。犯罪捜査の場合、「掘って出てきたもの」それぞれにどんな意味と価値があるか、明白ではないことも多い。ひと目で重要物だと分かる時もあれば、他の「出土品」と組み合わせて初めて重要さが分かる証言や、鑑定人が見た途端に俺たちには分からない論理で騒ぎだしたりすることもある。いずれにせよ出土品の価値を判定し、掘る場所と深さを決定し、現場全体を把握しているのは「学者」である管理官と「現場監督」である本庁や所轄署の係長クラスだけだ。俺たち「発掘スタッフ」はただ「こういう出土品があれば上出来」というざっくりとした指示だけを出され、あとはひたすら掘るだけだ。右や左は見ず、ただ出たものを持ち帰り、夜の捜査会議で報告する。地味で地道な仕事だった。遺留品捜査、鑑捜査（関係者への聞き込み）、SNSの利用履歴や防犯カメラ等の分析といった情報収集型捜査――そういった花形ポジションであれば違うが、大半の捜査員が配置される地取り、つまり現場周辺の聞き込みの場合、一日歩き回って何も出ないか、せいぜい資料的意味のない土器片程度のものが一つ二つ出るか、まあその程度のことが多い。

だから夜の捜査会議で何も成果を報告できなくても、特に落ち込んでもいなかったし、恥ずかしいとも空しいとも思わなかった。捜査本部はクラゲのようなもので、俺たちは触手の一本一本にすぎない。多数の触手を広げ、その中のどれかが獲物を捕えれば、クラゲは生きていける。

だが今回は、その捜査本部の生存が危うくなっている。

俺たちの次に立ち上がった後ろの席の二人も、俺たち同様「担当区域に不審者情報等、特筆すべき証言なし」の報告だけをして座った。その後ろの席の二人もだ。大原《おおはら》署七階、大会議室の中にずらりと並ぶスーツの群れ。一列ずつ立ち上がり、「手がかりなし」の報告だけをしてまた座る。儀式めいたその繰り返しは部屋全体が巨大なローラーでゆっくり均《なら》されていくかのようだ。昨日に続き、何も進展がなかった。大会議室の前方にある時計は午後十時四十分をさしている。朝、今日こそはと勇んで散った時は九時をさしていた時計だ。それが一周と少し回って、また俺たちを見下ろしている。お前らはその間、何も見つけられなかったのだぞ、と言われているような気がした。

神戸《ごうど》一丁目で発生した殺人事件。被害者は大手ゼネコン勤務の目崎昌彦《めざきまさひこ》(58)。自宅の火災報知器が警報を発し、駆けつけた大原消防署の消防士が台所で刺殺体を発見した。それが三日前の午後二時過ぎ。同日中に、管轄である大原警察署内に捜査本部が立った。本庁からは三強所属の殺人犯捜査一係・二係と、うちの県警では七強に所属する強盗犯捜査係も投入され、総勢七十人規模の態勢で「神戸骨董《こっとう》収集家殺人事件特別捜査本部」が走り出した。

変わった戒名が当てられたのは被害者が変わっていたからだ。目崎昌彦は骨董品収集の趣味があり、建築時はワインセラーであったらしい自宅の地下室に自分の収集品を保管し、それを眺めながら一人で酒を飲むということをしていた。

被害者のこの趣味が、捜査を一気に加速させた。ただし、袋小路に向かってだ。

本件は珍しく、死亡推定時刻が秒単位ではっきりしていた。目崎昌彦は使用者の脈拍や血圧等を常時モニターし健康管理するスマートウォッチを装着しており、それがはっきりと「心停止」の緊急アラームをサーバーに残していたからだ。午後二時二分三十一秒。時計本体からもアラーム音が響いていたが、それを聞きつけ、台所に倒れている目崎昌彦を助ける者はいなかった。同居の妻と長男、次男はいずれも外出中だったのである。

凶器とみられるのは被害者自身が地下室にコレクションしていた骨董品のダガーナイフだ。刃渡り二十センチほどあるやや大型のもので、発見時は倒れた衝撃でか抜けていたが、刃から組織片が検出された上に傷口と刃の形が一致した。指紋こそ検出されなかったが、これにより容疑者が一気に絞られた。被害者は地下室のコレクションをごく一部の人間にしか見せず、そもそも凶器の所在を知る者が極めて少なかったからだ。

加えて、刀剣類が含まれていることもあり、凶器のナイフを保管してあった地下室のドアは電子ロックにより厳重に施錠されていたことが分かった。死体発見時にはドアは物理的に破壊され、地下室内には物色された痕跡《こんせき》があったが、電子ロックが解錠時刻等のデータをサーバーに転送していた。最後のデータ転送は午後二時五分三十八秒で、これは扉に強い物理力が加えられた際に発した異常検知アラームだ。その後にデータ送信が途切れていることから、破壊された時のものだと推定された。

これが決め手になった。被害者の死亡は午後二時二分三十一秒。だが地下室の扉が壊され犯人が凶器を入手したのは、少なくともその三分後の午後二時五分三十八秒以降。

つまり、犯人は地下室の扉が壊される以前から凶器を手にしており、ドアを破壊して侵入したのは殺害後、別の目的でということになる。

だが、特捜本部は調べを進めた結果、本件の不可解さにぶち当たった。被害者が死亡する直前には、地下室のドアの解錠記録がないのだ。地下室ドアの電子ロックには物理的な鍵《かぎ》は存在せず、被害者一家が揃って身に着けているスマートウォッチによってしか解錠できなかった。玄関などもそうやって管理していたようだ。つまり、解錠すれば必ず記録が残るはずなのである。だが、スマートウォッチによる最後の解錠記録は前日午後十一時四十分頃。解錠したのは被害者自身のスマートウォッチで、その後、ドアは破壊されるまで一度も開けられていない。

となれば、結論は一つしかない。その午後十一時四十分頃に、犯人は被害者のスマートウォッチを盗んで解錠し、凶器を入手していたのだ。ダガーナイフのコレクションは壁に掛けられた状態で並べられており、ただ盗《と》るだけではすぐにばれるから、代わりにダミーを設置しておいたのだろう。犯行後の午後二時五分三十八秒に犯人が扉を破壊して地下室に侵入したのは、このダミーを回収するためだ。

これが可能なのは同居している家族だけだった。だから容疑者は妻と二人の息子に絞られたのだが。

特捜本部はここでも壁にぶつかる。三人にいずれもアリバイがあったのだ。

妻・目崎芳子《よしこ》（57）は事件時、駅前のヨガ教室にいた。午後一時十分頃に家を出た、と主張しているのは本人自身だが、午後二時から三時まではレッスンの真っ最中で、携帯電話に連絡があったものの午後三時半頃まで気付かず、現場に駆けつけたのは午後四時近くになっている。

長男・目崎六道《りくどう》（20）も大学にいた。事件時には授業は入っていなかったが、午後一時二十分の昼休み終了まで複数の友人と一緒にいた上、東京の大学まで片道五十分はかかるとなると、午後二時二分三十一秒に自宅で父親を殺害するのは無理だ。

次男・目崎式見《しきみ》（16）にいたっては、午後二時前後、駅前のゲームセンターに複数の友人と一緒にいるところを目撃されている。私服の学校であることも手伝い、昼休みにこうして学校を抜け出し、午後の授業をサボることが時折あったというのだ。だが駅から現場である自宅までは急いでも十分以上かかる。これも犯行は無理だ。

これらのことが明らかになっていくにつれ、特捜本部には異様な空気が流れ始めた。皆、時間がかかった事件も、認めたくはないが迷宮入りしてしまっている事件も経験している。だがそれらは皆、流しの犯行であった上に遺留品や防カメの映像がなく、容疑者が絞り込めない事件ばかりだった。こんな早くに容疑者を限定できていながら逮捕に踏み切れない事件というのは珍しかったし、まして「不可能犯罪」など誰も経験がなかった。

なんだこの事件は。いつもと違う。皆がそう思っていた。

もしかして、このまま進まないんじゃないのか。三人まで絞った容疑者を目前にしたまま、ずっと足止めを食うのではないか。電灯の笠にぶつかり続ける虫のように。会議室内にずらりと並ぶ刑事たちの視界の隅を、その疑念がちらちらと横切っていた。

それを察したのだろう。全員が報告を終え、夜の会議が解散すると同時に、四係の石蕗係長がこちらを見て声をあげた。

「全員お疲れ。なんか気付いたことある奴いるか？　話し足りない奴は集まれ」

お、と思ったが、俺より早く何人かが反応し、お互い頷《うなず》きあいながらゆっくりとひな壇の下、係長がいる机の周囲に集まる。

厳密には勤務時間外だし、通常、捜査会議は終了と同時に「じゃ、明日《あした》またお願いします」と解散するものなのだが、石蕗係長が独断でこういうことをすることがあるというのは先輩から聞いていた。殺人犯捜査係にいた時にはよくやっていたそうで「石蕗ゼミ」などと呼ばれている。係単位の小会議とは別に、夜の捜査会議の解散後、集まりたい捜査員を適当に集め、各人の見立てや捜査中の所感を聞くのだ。係長は「直接役に立つ話が出てくることはほとんどない」と言っていたが、ともすれば歯車として自分の担当だけしか見なくなりがちな捜査員に捜査全体を見渡す機会を与え、ついでに各々の不安や不満を吸い上げる——というあたりが目的だろう。実際に、今のこの状況に嫌なものを感じ始めている者が多かったのか、班長クラスであるか否かを問わず、俺を含めて十名以上が係長の近くに集まった。四係以外の者も、やや外周で遠慮してはいるが所轄の者もいる。

「こっちも不審者なしですが……外部の物盗りがたまたま、とかいった可能性はないんですかね」

「三人がグルってことは？　目崎家の雰囲気なんかが気になりますが」

「そもそもなんであんなナイフを凶器にしたんですかね。そこがまず怪しい」

普段は捜査方針に関して口出しをしない捜査員たちが活発に発言している。いち歯車として言われた情報を取ってくるだけの業務に就く捜査員たちでも、やはり考えている し意見は言いたい。石蕗係長は各課にやたらと懇意の者がいて顔が広いが、それもこういう工夫によって人望を得ているためかもしれなかった。

だが捜査員の発言が活発な理由として、本件に関しては不可解な点が多い、というのもあるだろう。まるでアリバイ工作のためにそうされたかのような、電子ロックとスマートウォッチによる正確な死亡推定時刻。なぜかそこらの包丁ではなく地下室内のナイフを使用した犯人。だが最も不可解なのは消防隊が駆けつけたきっかけになった小火《ぼや》である。死体が発見されたのは台所だったが、なぜか倒れている死体の横で、地下室から持ち出されたアルバムが燃やされていたのだ。消防隊が到着した時にはアルバムはあらかた燃えており、発生した煙でアラームが鳴り続けてはいたが、幸いなことに壁や天井に燃え移っている様子はなかった。

「あのアルバム、何なんですかね」

俺と組んでいる大原署の奈良岡《ならおか》巡査長が腕組みをして言う。「処分したかったなら持ち去ればいいと思うんですが」

アルバムの内容は家族に照会したが、普通の家族写真や、夫婦二人の頃の写真だという。最近になっても目崎はデジタルデータをきちんと出力してアルバムを作っていたようだが、特に変わった写真はないはず、とのことだった。

持ち去るには面倒な量だろう、と言う捜査員もいたが、四係の滋野《しげの》巡査部長がそれらを一蹴《いっしゅう》した。「単に火をつけたかったんだろう。火災報知器を作動させ、消防隊員に早く死体を見つけてもらいたかった」

「しかし、死亡推定時刻はスマートウォッチではっきり出るわけですよね。早く死体を見つけてもらう理由は何でしょうね」

三強の一番若い刑事が言うと、滋野はすぐに返した。「早く見つけてもらわないと自分が第一発見者になっちまうからじゃないか。俺は目崎芳子が怪しいと思う」

確かに息子二人はすぐに帰宅する理由がないから、彼らが犯人であるなら、母親に死体を見つけてもらえばいいわけだ。だが逆に息子のどちらかが犯人で、母親が死体を見つけてショックを受けないように消防隊員を呼んだという可能性もあるのではないか、とも思ったが、俺は口には出さず、皆が解散したところで係長に言った。

「自分はこれからもう一度、五丁目のアパートに行ってみます。一階の三号室と二階の一号室の住人ですが、たまたま不在なのか長期間いなくなっているのか不明な者がいまして、その確認を」

奈良岡さんとはそうしようと話していた。もしここ数日のうちに消えたのなら、事件と無関係ではないかもしれないからだ。現在午後十一時二十二分。係長は頼む、と頷き笑顔で俺の肩を叩《たた》く。「まあ、父親だしな。頑張らないとな」

確かにそうだなと思い頷く。だが別の声も聞こえた。

「まあ、給料泥棒なわけだからな。そのくらいはやってもらわんと」

滋野だった。まだ少しざわついている中で、他の声を押しのけて頭を出したようにはっきり聞こえた。明らかに独言ではなくこちらに聞かせるつもりの音量だった。見ると背中を向けてジャケットを脱いでいる。今夜はまた上の道場に泊まるのだろう。隣にいた大原署の刑事もこちらをちらりと見て、明らかに軽蔑《けいべつ》とみられる視線を残して去っていく。俺は口を開きかけたまま何も言えずに立ち尽くしている。

またこいつか、と思った。一番最初、係長に対して育休取得を申し出てからずっと、俺に対してわざと肩をぶつけてくるような奴らがいる。滋野がその筆頭だったが、所轄の中にまで似たような態度の奴がいるというのは気が滅入《めい》った。誰から聞いたのか知らないが、「誰かから聞いた」だけなのに俺に対して直接態度に出すほど敵意を抱いている。

彼らの心理はある程度、理解しているつもりではあった。もともと現状、警察官は――特に本件のように重大事件発生後の刑事は常時、給料以上の仕事をしている。朝から晩まで歩き回り、捜査本部に寝泊まりしている。刑事たちにそれをさせるのは高い給料でも社会的地位でもなく、ただただ正義感と使命感だ。悪人がいる。真面目にバイトに励む学生を殺した奴がいる。まだ十五歳の子供に性的暴行をはたらいた奴がいる。「騙《だま》される方が悪い」などと嘯《うそぶ》き、お年寄りの家から老後の蓄えを奪った奴がいる。そういう奴らが法の裁きを受けずにまだ逃げている。そいつらは捕まらなければ「うまくいった」と思い、またやるかもしれない。こんな奴らが娑婆《しゃば》をうろついていたら市民が安心して生活できない。だから働く。だがそれだけでは、日々のきつくて光の当たらない仕事にモチベーションを維持することは困難だ。だから指揮官は「一体感」を煽《あお》る。「犯人検挙」という、単純で明確な目標を設定し、全員が同じ方向を向くようにする。右の奴も左の奴も走っていれば、疲れたからといって自分だけ歩く奴はいなくなる。たとえ歩く分の給料しか出なくてもだ。世界的に見ても類稀《たぐいまれ》なる日本警察の検挙率と国民の体感治安は、それによって維持されている。

だから俺のようなのは敵視される。「みんなで頑張ろう」「今は徹夜で頑張ろう」と気分を盛り上げ、なんとかモチベーションを維持しているところに「家庭があるんで先に帰ります」と言う奴がいたら水を差される、というのだろう。そう思う奴がいるのは無理もないことだった。それは分かっている。

だが、こうまで言われなければならないのだろうか。育休を取った奴とは「一緒に頑張れない」というのだろうか。それはなぜなのか。しかも滋野たちの態度はその程度のものではなく、明らかにこちらを「敵」扱いしている。わざわざそこまでする必要がどこにあるのだろうか。

滋野はもう出ていっている。結局何も言い返せず、それどころか反発か無視か謝罪か、対応すら決められなかったのは、俺自身がこのややこしい状況を背負っていて重いからだ。

だが、動けない俺は横から軽やかに肩を叩かれた。

「まあまあ。気にせんでいきましょう。あはは」

なぜそこで笑うのか不明だが、大原署の奈良岡さんは口だけ大きく開けて笑う顔をし、明らかに意図的に明るい声を作った。「まあいろんな人がいますって。飴《あめ》食べます？」

なぜかジャケットのポケットからバターボール[＊1]の袋を出して飴玉を勧めてくる。妙に膨らんでいるとは思ったがあんなものをねじ込んでいたらしい。大阪のおばちゃんか、とつっこみたくもなったが、立場上、周囲から睨《にら》まれ尽くしている現在の俺からすれば

＊1　UHA味覚糖が提供するロングセラーのキャンディ。リアルな牛の描かれたオレンジの袋がお馴染《なじ》み。軽やかなレモンの風味としっかりしたバター風味が特徴。

感謝しかなく、礼を言って一つ受け取った。

　玄関のドアを開ける前から、もう寝ているな、と分かった。赤の他人の家を突然訪問する仕事だからだろう。呼び鈴を鳴らすと人が反応する「生きた家」と誰も出てこない「死んだ家」の区別は、ドアを見た瞬間になんとなくできる。居留守を使っていても分かる。だが人が全員寝静まってしまった家と誰もいない家の区別はつかない。所轄時代に逮捕したことがある窃盗犯《ノビ師》*2が「人が全員寝ている家は誰もいないのと同じ」だと言っていたが、常習犯の語る「感覚」というものがいかに的を射ているか、よく分かる。鍵《かぎ》を開け、音をさせないようゆっくりドアを開けると、予想通り「死んだ」我が家の玄関があった。後ろ手でゆっくりドアを閉めて鍵をかけ、靴音がしないようにそっと革靴を脱いで上がり、リビングに入る。テレビも空気清浄機も台所の換気扇も停止し、オレンジ色の常夜灯だけで薄暗く静まり返る我が家のリビング。緑色の小さなランプを灯《とも》したエアコンだけが帰還者の気配に反応し、少し頭をもたげるようにからから、と鳴る。沙樹さんの就寝に間に合った日と間に合わなかった日、その二パターンのうちの後者の方だった。壁の時計を見る。十一時五十五分。仕方がなかった。

　だが見方を変えれば、静かにしている限り一人の時間だ。俺はネクタイを外して椅子の背にかけ、台所の明かりをつけた。夜中までかかって担当地区を再訪問し、新たに四件ほど周辺住民を捉《つか》まえられたが、成果はゼロ。それはいつものことだが、本件についてはもう少し、一人で考えてみたかった。そうだ、と思い付き、戸棚の上の段からコーヒーメーカーを出す。豆はすっかり古くなっていたが、飲めないこともない。ミル音がうるさいかもしれないと思って悩み、解決案として洗面室に運んで作動させると、くっきりと濃厚な「ザ・珈琲《コーヒー》」という感じの香りが洗面台やバスタオルの間に充満し、不思議な気分になる。学生の頃、大勢の友人がアパートに泊まりにきて部屋を占領し、結局家主の俺が洗面室で寝たことがある。それを思い出した。

結局、リビングに戻るのが億劫《おっくう》になり、カップとコーヒーメーカーを台所から持ってきてそのまま洗面室でコーヒーを淹《い》れた。コーヒーは洗面台の水で淹れても同じ香りがした。

だが洗面室で飲むのは失敗だった。エアコンがきいていないとじきに蒸し暑さを覚えてきて、その上にホットという状況になってしまった。乾いたはずのシャツの背中に新たな汗をかくのを自覚しながら、俺は床に座り込んで考える。いつもと違う事件。何か不可解な、作為のにおいのする事件。

＊2　窃盗犯にも「侵入盗」「スリ」「万引き」等種類がある。「侵入盗」もさらに「空き巣（留守宅を狙う）」「居空き（家人の在宅中に侵入する）」「事務所荒らし」等に分類できる。「ノビ師」は居空きの一種である、家人の就寝中を狙う「忍込み」で生計を立てている輩《やから》のこと。

容疑者の三人にはいずれもアリバイがあった。きっちりと。それが何かおかしい気がする。大学生の長男はまだしも、高校生の次男と専業主婦の妻にもしっかりアリバイがあった。不自然なほどの偶然ではない。だが。

早くも酸味がでてきたコーヒーを啜《すす》る。三人がバラバラにアリバイを成立させている以上、共犯の可能性は小さい。だが、考えてみれば犯行後、地下室のドアを破壊したのはなぜだろう？　被害者宅の電子ロックはどの端末で解錠したかも記録しているから自分のスマートウォッチで開けるわけにいかなかったのは分かるが、それなら被害者のものを外して使えばよかった。外部犯に見せかけるためか。だがそれならもっと家の中や地下室内を荒らしておくのが普通だ。目崎昌彦のコレクションは近代から近世ヨーロッパのものが主だったそうだが、その中には古銭や装飾品といった、一見して高価に見えるものも含まれていた。それらは手つかずで、アルバムだけが持ち出されて燃やされた。それはなぜだ。偽装。何か偽装があるのだ。つまりはアリバイトリックか。推理小説は好きだが、現実にそんなことをする奴がいるのだろうか。

カップに三分の一ほど残ったままのコーヒーが冷めきるまで考えていたが、結局、分からなかった。翌朝、起きてきた沙樹さんに余計な手間をかけたくないのでコーヒーメーカーとカップはきっちり洗って流し台のラックに置き、音の出ないぎりぎりの速度で戸を開けて暗い寝室から寝間着を取り出す。布団が大きく膨らんでいるが沙樹さんの寝顔は見えそうで見えない。キスをしようと思ったがやめた。気障《きざ》な振る舞いと引き換えに起こしてしまうようでは、愛情ではなく自己満足だろう。最近はなかなか話す時間も取れていないが、家庭に仕事を持ち込まないことは結婚時に決めているし、仕事が多少大変でも沙樹さんに甘えず一人で踏みとどまれる程度の根性はある。気を遣わせることなくゆっくりさせてやりたかった。

後ろ手でゆっくり戸を閉める。遅くなったし疲れてもいるが、背中越しに家族の気配を感じるだけで頑張れる気がする。それも静かにだ。係長の言葉が蘇《よみがえ》る。そう。今の俺は父親なのだから。守るものがある。それに背中を押されている。

2

恐ろしく年季の入った扇風機が、おそらく数十年前であろう購入時と変わらない力強さで回っている。そういえば祖父の家にも四つのスイッチとダイヤル式のタイマーで操作する古い扇風機があった。あのての家電は二千年後に発掘されても動きそうなものが多いから、持ち主に使い続ける意思さえあればいつまでも現役で残るのだろう。つまり今、話している田村《たむら》氏も、駅前に買い物に出ていて不在だというその妻もそういうタイプの人間なのだろう。なるほど見回してみれば懐かしいビニールのテーブルクロスに地方銀行の名前の入ったカレンダー。床で湯気をたてているポットも上部をバチンと押し込むレトロな品だ。午前中、娘さんが孫を連れて来ていたとの話で、玄関に靴ベラが出しっぱなしだったり、部屋の隅に洗濯物が畳んだままだったりとしているわりに散らかった印象はなく、素朴ながら清潔にシンプルに暮らしている家、という感じだった。まあこれは主に専業主婦である妻の功績だろうが田村氏本人も皺《しわ》の刻まれた実直そうな額と無造作な短髪で、「職人」というイメージにもよく一致する。

しかしそうなると、知人のゴシップや人物評といったものを本人のいないところで喋《しゃべ》らせるのは難しそうに思えた。現に俺や奈良岡さんが「目崎家の家庭内のトラブル」についで何度水を向けても、田村氏は困った顔で唸《うな》り、頭を掻《か》くだけだった。

「確かに、長いことお世話になっておりますし、目崎さんとは個人的に親しくさせていただいてはいるんですが」出ない言葉の代替なのか、田村氏はまた頭を掻く。「家族内のトラブルなどは特に……あったようには。息子さんたちはまあ、親とべたべたする年頃でもないので、素っ気ないようではありましたが。男の子はそんなもんでしょうし」

奈良岡さんが「まあねえ」と笑顔で親しみを見せ、壁にかかっている女性と赤ちゃんの写真に目をやる。「娘さんの場合、違いますか」

「ああ、ええ」田村氏はなぜか恥ずかしいところを見られた、という顔をして写真に目をやる。「孫が一歳七ヶ月でしてね。娘が毎月来てくれるんです。まあ、じいじとばあばに孫の相手をさせて自分は寝ておりますが」

うちのカミさんもそうです、と合わせ、奈良岡さんが笑う。親しげな空気を作るのが上手なようだ。

鑑捜査とはいえ、この段階ではもう、見込みのありそうな対象者は残っていない。俺と奈良岡さんに割り振られたこの人は目崎昌彦の会社の下請を長いことやっていたという田村建設の社長である。目崎昌彦はすでに担当を外れたらしいが、私的なつきあいも深かったため、むしろ遠慮なく家庭内の雰囲気などを話すかもしれない、と踏んで、朝に連絡を入れた上で自宅を訪ねている。だが、本人を見るにどうも見込み違いだったようだ。口が重くはないが、陰口に当たるようなことは慎重に避けている印象だった。

壁際でポットが笛のような音をたてる。「どうも、茶も遅くなりまして」「女房が買い物に出ていて」と言いながら立ち上がる田村氏に対し、奈良岡さんがポケットから「花のくちづけ」[*3]をがさりと出して飴を勧める。また袋ごとポケットに入れて……と思うが、テレビ台に置いてある籠《かご》から灰皿とライターを出してきていた田村氏はさして困惑する様子もなく頭を下げて一粒受け取った。「ああ、でも一本よろしいですか」

喫煙者にとっては飴と煙草が同じカテゴリのものなのだろうか。田村氏が灰皿を置くのに応じて奈良岡さんも胸ポケットから紙巻煙草を出した。「どうぞどうぞ。実は私も我慢していたところでして。よろしいですか」

二人がゆっくり煙を吐き出し、喫煙者にしか分からない間がリビングに流れる。会話

＊3　春日井《かすがい》製菓提供のロングセラーキャンディ。パステルカラー小袋一つ一つに366日の誕生花と花言葉が書いてあるのが有名。小袋のイメージ通り優しいすもも味。

が中断されるのはどうか、と思ったが、奈良岡さんが質問を始めると、田村氏はむしろこれまでより気軽に答えた。

「そうですね。スマートウォッチのことは周囲の者は知っていたと思います」

「コレクションは『趣味を理解してくれる』と踏んだ相手にだけ見せていたようですね。私なんかも好きな方ですが、まあ、武器などもありますので。嫌がる人もいますし」

「子供の進路についてはあまり関心はなかったようで。上の子の大学も覚えてらっしゃらなかったです」

すごいな、と思う。奈良岡さんはちゃんと情報を引き出していた。俺は「喋らない相手」だから見込み薄かと思ってしまったが、「喋らない相手」に喋らせるのが刑事の仕事であるわけで、見込み薄、などと決めつけて臨むべきではなかったのだ。

「お孫さん、可愛いですよね」奈良岡さんは煙草を咥《くわ》えながら飴玉《あめだま》も口に入れた。おいどういうことだ、と思った。「懐いてくれると可愛いんですよね。お名前は？」

「幸恵《さちえ》です。女房なんかはもっと今風の名前にすればいいのに、と言ってますが、まあ流行《はや》りに乗っておかしな名前をつけるよりはね」

「そうですね。そういえば、目崎さんのところの息子さんはお二人とも変わった名前ですよね。あれは誰が」

「ああ」田村氏が視線を落とし、独言のような音量になった。「ご主人がね。一人で決めた……と、奥さんが」

奈良岡さんが一瞬だけこちらに目配せをした。視線で同意する。飴を出した時は変わり者だと思ったが、この人はなかなかにすごい。

「しかし、どうなんですかね。お子さんにとっては一生ものなわけで。お子さん本人のことを考えると」

田村氏はそれを聞くと、今度は明確に表情を曇らせた。

「……そうですね。子供に……どう説明するつもりだったのやら」

「動機……」口にしてから急いで、周囲に他の通行人がいないことを確かめる。「……に、なると思いますか」

「それだけではねえ」奈良岡さんは相変わらず笑顔である。目も笑っているが瞳《ひとみ》は笑っていない、という感じがする。「ただ、報告に足る話ではありますよね。よその班が掘り下げてくれるかもしれません」

田村氏のところには一時間ほどいたが、大きな収穫と呼べるようなものはなかった。だが奈良岡さんの言う通りだ。俺たち一人一人は歯車であり、とにかくどんなわずかでも、プラスになるものを掻き集めればいい。路地を歩きながら手帳をめくる。現在、午後五時半。夜の捜査会議まではまだ五時間ある。田村建設の他の役員。あるいは他の下請の経営者。これから訪ねるべき相手はまだいて、その何人かは片付けられるだろう。ここからもっとも近いのは、親しくしていたというもう一つの下請の担当者だが。

「……現場の方が近いですね」

俺が見ると、奈良岡さんは膨らんでいた右の頬を萎《しぼ》ませ、かわりに左の頬を膨らませた。リスだな、と思う。中の飴が移動したのだろう。「……行ってみますか」

機捜と鑑識と割り当てられたその他の捜査員がすでに散々チェックしているから何も残っていないに決まっている、という常識がすぐ意識を被《おお》うが、今はそれを一度除《の》けてみる気持ちがあった。さっき田村氏の話を聞いた自分たちなら着眼点も違う。奈良岡さんと視線を合わせ、お互いに同じ野心があることを確認する。普段は歯車。だが刑事なら誰だって、大事件解決の手がかりを自分が見つけたいと思っているし、大物の犯人を逮捕する役をやりたいと思っている。先に現場に行くとなると今日の予定を消化しきれない可能性もあるが、残業して夜の会議後に訪問してもよさそうな相手もいる。

ポケットで携帯が震えた。見てみると、沙樹さんからメッセージが来ていた。

沙樹さん
＞今日は何時頃帰れる？
(17:32)

正直なところ、連日の残業で疲れてはいた。だが特捜本部設置事件の一期*4であれば家に帰らない者の方が多いし、現に滋野らも大原署に泊まり込んでいる。それを尻目《しりめ》にさっさと帰る気は起こらなかった。それに、父親なのだから頑張る、と誓ったのだ。

携帯を操作し「ごめん遅くなります。夕飯は食べて帰ります」と送信する。


奈良岡さんが歩きながら、前を見たままで呟《つぶや》く。「スマートウォッチの時間ですが、機械側をいじってごまかすことは本当に無理なんですかね」

俺も前を見たままで答える。「鑑識が試しているでしょうしね。それに記録はいちいちサーバー側に送っているわけですから、サーバーの方をいじらないといけなくなる」

「時計を外した記録はないんでしたっけ?」

「ないようですね。被害者は基本的に一日中つけていたようで、事件当日も朝から記録が続いていて、死体発見時まで当該端末を装着したままだったことははっきりしているそうですから」そのあたりのことは初期に説明されたのを覚えている。「死体に動かされた形跡もなかったようですし」

「ではたとえば、心停止のアラーム時、時計をしていたのは被害者ではなかった、としたらどうでしょう?　時計を別の誰かにつけさせた上でそいつを殺し、アラームを鳴ら

＊4　三十日ごとに「一期」「二期」「三期」と分類される。進むにつれ捜査本部が縮小されることもあり、基本的に一期内に犯人逮捕にこぎつけなければ事件解決が難しくなるとされている。

してから目崎昌彦を殺し、時計だけ戻す……なんてことは」

なかなか突飛なことをおっしゃる。俺は苦笑が洩《も》れそうになったが、奈良岡さんの口調が存外に真剣なので真顔でいることにした。「無理でしょうね。時計が外されれば、その記録が残るそうなので」

周囲に人がいる電車内でこそ黙っていたが、目崎宅に向かう間は、ほぼずっと事件のことを小声で話しながら歩いていた。そのこと自体も異例だったが、話す内容も異例だった。現実の刑事は移動中ずっと事件の話などしていないし、まして「推理」などしない。相棒とどの程度雑談をするかは人それぞれ（奈良岡さんはずっと喋《しゃべ》るタイプである）だが、せいぜいお互いの見立てを言ってみる程度で、昼飯をどこにしようかとか、そういう話をしているのが普通である。これでは警察官にあらずして「探偵」と「助手」の会話だ。

だが、俺たちがついそういう話をしてしまうような「通常と違う雰囲気」の事件だった。容疑者が偽のアリバイを用意している事件に当たったことはあるが、せいぜい「友人に嘘をつくよう頼んでおいた」程度のもので、容疑者の三人ともが「はっきりよその場所で目撃されている」という鉄壁のアリバイを有している――などという事件は、俺も奈良岡さんも経験がなかったのだ。

もちろん、それだけではないだろう。指示にない「現場を見にいく」という行動をとっている、という状況は、まるでこっそり学校をサボって抜け出しているような背徳感と高揚感があった。また飴を舐《な》めている奈良岡さんがどうなのかは知らないが、少なくとも俺には。それに加えて今回は「ひょっとしたら、現場で何か見つけられるのではないか」という根拠のない予感があった。

その予感は半分だけ当たった。路地の角を曲がり、目崎宅の裏手が見える位置に来ると、裏口側の方にタクシーが停まっているのが見えたのである。記者はあんなことはしないし、警察関係者なら捜査車両で来る。これは、と思って近付くと、予想通り目崎芳子が裏口の戸を開けて出てきた。それに続いて長男の目崎六道と次男の目崎式見。三人ともがそれぞれスポーツバッグ等を持っていることからして、外泊が長くなったため私物を取りに戻ったのだろう。この三人は容疑者とはいえ取調は任意で、しかし事件現場である自宅にいることはできないため、現在はホテル泊のはずだった。

「やあどうも」

奈良岡さんが目崎芳子に声をかけた。「この度は」

これはまた気軽に声をかけるものだなと思うが、予想通り目崎芳子は目を伏せてタクシーの助手席に乗り込んだ。画像で見たより派手な印象の女だが、事件がニュースになったこともあり、さすがに疲れた印象だった。俺たちが捜査員であることは分かったはずだが、捜査員を恐れるというよりは迷惑がるという雰囲気だった。後部座席に六道が乗り込む。奈良岡さんは続いて乗り込もうとした式見に「ホテルに戻られるんですか？」と声をかけていたが、振り返って応《こた》えようとする式見の袖《そで》を車内から六道が引っぱった。

だが一度乗り込みかけた式見は、兄の手を振り払ってこちらを振り返った。眼鏡の奥の神経質そうな目が細められる。

「あんたらさあ」

おいシキ！　と強い声がして、後部座席から身を乗り出した六道が式見を両手で引っぱる。式見は大人しく兄に従ったが、後部ドアが閉じる直前、こちらを見上げてふんと鼻を鳴らした。

タクシーがすぐに動き出す。俺たちは一歩下がり、ひとまず揃ってお辞儀をしつつ見送る。

式見は何を言おうとしたのか。式見は死亡推定時刻には複数の友人と駅前のゲームセンターにいて、店員にも目撃されている。六道も、少なくとも午後一時二十分までは大学にいて、犯行時刻までに自宅に戻るのは不可能だ。芳子もヨガ教室にいた。

だが。……式見は何かを知っているのだろうか。それとも式見が犯人か。高校生が複数のヴェテラン捜査員の追及に耐えられるとは思えないが、生活安全課の友人は「十二、三歳でも驚くほど肝の据わったガキがいる」と言っていた。経験上、十六歳は殺人も強盗も充分やる。

あるいはその答えが現場にあるかもしれない、と思い、俺たちは勇んで目崎宅に入ったが、結局、現場を見ても地下室を見ても、二人とも何も気付けることはなかった。三人のアリバイは鉄壁のままで、手がかりらしきものもない。
だが、当てが外れて大原署に戻ったその夜、事件は急展開した。

3

何かあった時の電話、というのはかかってきた瞬間に分かるものだ。電話を受けたのが自分でなく目の前の誰かだった場合もそうだ。午後十一時二十五分。進展がなくほとんど「敗戦報告会」の様相を呈していた夜の捜査会議が終わり、大会議室に残っていたのは「石蕗ゼミ」の十名程度だけだった。それも解散し、書類仕事に移る者、食べられなかった夕飯を食べにいく者、道場に寝る準備をしにいく者などに分かれていた。俺と奈良岡さんも係長と最後まで話した後、大会議室を出るところだった。そこで管理官の携帯が鳴った。立ち止まって見ていると、管理官は大会議室を見回し、残っていた係長二人を呼んだ。

ひな壇の上に駆け寄って管理官の耳打ちを聞いた石蕗係長が、すぐに部屋を振り返って声を張った。「おい誰か。残ってるの全員集まれ」

新たな事件か捜査の進展かそれ以外のトラブルか、いずれかがあったのだ。こういう時の捜査員の動きは速い。さっと集まったスーツの群れに対し、三強の係長と頷《うなず》きあい、石蕗係長が言う。

「たった今、情報収集班から報告があった。事件前夜、近所の路上の防犯カメラに熊谷《くまがい》太郎《たろう》が映っていることが分かった。熊谷は現在、狩野《かのう》市内に転居したはずなのにだ」

三強の刑事たちの中には分からない者もいたようだが、石踣係長の部下である四係の俺たちはその名前を知っていた。熊谷太郎。平家物語に出てきそうな名前だがそんな立派な者じゃなく、侵入盗の常習犯だ。前科がもうすぐ三桁《けた》、というとんでもない男で、年齢はもう六十を過ぎているだろう。粗暴で行き当たりばったりの性格で、住人に出くわせばすぐに居直り強盗になるため、窃盗が専門の三課だけでなく一課にも「顔見知り」がいる有名人だ。現在は狩野市内に住んでいるはずで、ここからはだいぶ遠い。だがプロの窃盗犯は通常、土地鑑のある地域でしか「仕事」をしないのに、こいつはどこにでも出入りする。現に大原でカメラに映っていたのだ。それがちょうど、この時期だとなると。

「とりあえず二人……」言いかけた石踣係長は、後ろから管理官に肩を叩《たた》かれ、言い直した。「四人、至急熊谷のところに行ってくれ。不在であれば自宅を監視、就寝中なら応援を送るから朝まで見張れ。起きてるなら事情聴取。本件と無関係そうでも何か出たらそっちで引っぱれ。状況により緊逮もアリだ。住所は後で送る」

残っていた数名の疲れた顔に活が入った。突然浮上した有力な線。犯罪捜査には、こういうことがままある。そしてそこでの対応のちょっとした遅れが、のちのちまで響くこともある。まして熊谷はすぐに転居していなくなる癖があった。奴が目崎昌彦殺害の犯人だとすればもう逃げている可能性もあったし、そうでなくともすでに狩野市内にはいない可能性もあった。一刻を争う。

係長は俺たちを見回した。「田辺《たなべ》。斎藤《さいとう》。それと滋野」

呼ばれた三人が、はい、あい、とそれぞれに自分流の返事をしながら応える。重大な役だ。

だが、係長は続けてこちらを向いた。「それと吉野。車で狩野市内に向かい、これから送る住所の熊谷太郎に当たれ」

「了解」

一瞬だけ肌が粟立《あわだ》つ感触があり、太腿《ふともも》から発生したそれが体を上がって耳の先から放散していく。今は秋月です、といういつもの訂正をしている余裕はないが、ガチガチになるほど経験不足でもない。

だが、指示を復唱している間に携帯が震えた。他の三人に続いて大会議室を出ようとしながら携帯を出す。メッセージが来ている。

沙樹さん

＞産まれそうな気がする　　(23:29)

すぐさまもう一度、携帯が震えた。

沙樹さん
＞こわい

(23:29)


画面を見て、動けなくなった。

一瞬、間違いだと思った。打ち間違いか、でなければ、沙樹さんは何かの事情で動けなくなっていて、たまたまそこにいた誰かが代わりに入力しているのだと思った。普段の沙樹さんの文面ではなかった。

捜査一課長、秋月沙樹警視正。現在、第一子を──エコー画像で男の子だと分かり、「蓮くん」と名付けた俺たちの子供を妊娠中で、先週ようやく産休に入った。それに合わせ、産後一ヶ月から蓮くんが保育園に入れる四月まで、俺が捜査一課で男性初の育休を取ることが決まっている。

だが休む直前まで普通に働いていた。悪阻《つわり》がある時期はきつかったようだが、安定期に入ってからは体調の変化を顔にも出さず、先々週まで産休を取らず、臨月の大きなお腹を抱え、周囲から奇異の目で見られながらも捜査一課長としての職務を全う《まっと》していた鉄の警察キャリア。武器を持った現行犯を自ら取り押さえた時も丁寧語のままで「ＡＩ

様」と揶揄《やゆ》されてすらいる猛者《もさ》。自宅ではその分のんびりしているとはいえ、生来の生真面目さはそのままで、夫である俺に対しても決して負担をかけないよう気遣いを絶やさない、いや絶やせない人だったはずなのだ。こんな弱みを見せる人ではなかった。妊娠とは。出産の不安とは、それほどまでに人を変えるのか。

……そんなに不安だったのか。

沙樹さんは悪阻で飯のにおいすら苦痛だった時も、体重が減少して健診時にリスクの説明をされていた時も、「そういう仕事である」という顔でてきぱきと、すべきことをこなしていた。俺はそれを見て、ただ「この人らしいな」と思っていただけだった。ドラマチックなケースばかり話題になるが、現実の出産の大部分はこんな感じなのだろう、と勝手に思っていた。

違ったのだ。沙樹さんは俺に心配をかけないよう隠してくれていて、間抜けな俺は何も考えずに見たままを信じていた。彼女がそういう人だということは知っていたはずなのに。

頭の中に、「間抜け」と罵《ののし》る何者かがいる。思い出してみればそうだった。そういえば、コーヒー好きの彼女がコーヒーメーカーをしまいこんだままだった。カフェインはたしか、妊娠中は控えた方がよいのではなかったか。彼女は我慢していたのだ。なのに俺はそれにすら気付かず、昨夜だって、洗ったコーヒーメーカーを見えるところに置いておいた。コーヒーの残り香の中、片付けたのは彼女である。俺は「ちゃんと洗っておいた」とすら思っていなかっただろうか。

彼女はとっくに母親だった。妊娠が分かった瞬間からずっと母親だった。なのに俺は、一体何をやっていたのか。父親になるのだから頑張る、と思って遅くまで働いていたが、いったいこれのどこが「頑張る」なのだろうか。自分の仕事をしているだけではないか。本当の「頑張る」は逆だ。仕事を早く片付けて、周囲の非難の目に耐えて、早く家に帰ることだ。

だが、また携帯が震えて、さっきのメッセージ二つが消えた。

(沙樹さん　がメッセージを削除しました)

消えた。さっきの言葉は、なかったことになった。

……いや、なったはずがない。

「秋月君。どうしたの」

斎藤さんが振り返る。俺は答えられず「あ、いえ」と視線をそらした。

あの沙樹さんが、俺に弱音を吐くほど不安になっている。

家を想像する。他に誰もいない静かな夜中。沙樹さんは一人で、産まれるかもしれない、という不安に耐えている。

だが、と思う。陣痛が来たわけではないらしい。あくまで沙樹さんの「気がする」という予感に過ぎない。だからこそ彼女もすぐにメッセージを消したのだろう。だったら、まだ大丈夫ではないのか。少なくとも陣痛が始まるまでは。何もないかもしれないのだ。こちらはまさにこれから、大事な仕事に行くのだ。降って湧いた容疑者。待ち望んでいた大役。このまま熊谷を逮捕できれば大手柄だ。捜査員は皆、いつか自分にそういう日が来ることを期待しながら、地味で成果のない日々の業務をこなしている。その日が今日なのだ。

おい何やってんだ、と滋野が苛《いら》ついた声でこちらを見る。係長も後ろに来て、素早く俺の手元を覗《のぞ》いた。「何だ。奥さんから連絡か」

「あ、いえ」嘘をついても仕方がない。「いえ……はい。ちょっと、子供が」

「おう。産まれるのか？　じゃあ」

「いいえ、そんな気がする、というだけのことらしく」

沙樹さんのメッセージを口に出してしまうのは抵抗があったが、そう言うしかなかった。係長は片眉《かたまゆ》を上げる。「何だ？　陣痛来たとかじゃないのか。なら」

そうだ、と思う。すでに沙樹さんと一緒に、分娩《ぶんべん》のプロセスは予習してある。陣痛が来たら連絡する病院と、呼ぶタクシーも決めてあって、いつでも緊急入院ができるよう、着替えなどが入った入院用荷物のバッグもリビングに常備してある。実際に陣痛が来ても、俺にできることはほとんどないはずだった。まして今はそれすらない。沙樹さんが何となく「産まれる気がする」というだけの状況なのだ。

それなら仕事に行くべきだ。頭を下げて運転を代わってもらえば、車の中からメッセージは送れる。なんなら電話で話してもいい。まだ始まってすらいないのだから、今から急いで帰ったところでどうせそれ以上のことはできない。沙樹さんは鋭いから、仕事を放棄して帰ってきたことにすぐ気付く。それで気にさせるよりは、メッセージを急いで削除した彼女の意思を尊重すべきではないか。

帰らない理由がずらずら並んで頭の中を高速でスクロールしていく。だがどれだけ並べてもすべてが空虚だった。沙樹さんが。あの沙樹さんが俺に「こわい」と訴えている。それがどれほどのことか、俺には分かる。この世界でただ一人、俺にだけは分かる。

……帰らなくては。そばにいなくては。俺以外にいない。代わりはいない。

だがどうする。「やっぱり帰ります」と、学生みたいなことを言うのか。俺は公僕で、捜査一課刑事で、まさに今、重要な指示を受けたところなのだ。その俺が。携帯を握りしめる。丸い縁の感触が指に食い込む。

……いや、馬鹿か俺は。

俺はそんな重要人物ではない。逮捕・取調の経験が豊富な捜査員など、他にいくらでもいる。俺でなければならない理由などない。単に俺は、睨《にら》まれながら同僚に背中を向けるのが怖いだけだ。せっかく摑《つか》んだ手柄のチャンスを失いたくないだけだ。いや、それだって重大なことなのだが。

……より重大なのは、明らかにこっちだ。

「申し訳ありません」

予想よりだいぶ大きな声が出た。「妻が産気づいている可能性があります。自分は一旦《いったん》、帰宅させていただきたく思います」

「おう、そうか」一度のけぞった係長は、すぐに首をかしげた。「可能性って何だ？　そういうのは、はっきり分かるもんじゃないのか」

「そうなんですが、その」

自分の失策に気付いた。嘘でも「産まれる」と言えばよかったのではないか。だがそれでは、空振りであった時に言い訳がきかない。「……その、もうすぐかもしれないんです。妻が、不安がっていまして」

もともと顔をしかめていた滋野はもとより、頷《うなず》きかけた斎藤さんまでもが怪訝《けげん》な顔をした。当然だろう。この状況で「妻が不安がっているから帰ります」が通るはずがない。

「その、ちょっといつもと様子が違いまして。具体的には分からないのですが、何かあったようで」

瞬間、閃《ひらめ》きがあった。後で追及されてもかわせる嘘なら、いくらでもある。

「どうも台所で転んだようなんです。勢いが強くないから心配するなとは言っていますが、本人が言っているだけですし、状況によっては命にかかわる危険も」

大嘘だ。だがそれが何だ。そもそも、ここまで言わなければ産前の妻のそばにいることすらできない方がおかしい。育休を取るだけで周囲から睨まれ、露骨に嫌味を言われ、あいつはもう終わった、出世できない、捜一にいられない、と言われる方がおかしい。俺は妻に寄りそう。育休を取って何ヶ月か休む。そしてそれが終わったら捜査一課に戻り、また働く。ばりばり実績をあげてやる。それで何がいけない？

「代わりに、大原署の奈良岡巡査長を推薦します。かなり事情聴取、うまいです。臨機応変ですし」

「それはこっちが決めるが」係長は唸《うな》った。

いきなり名前を出された奈良岡さんはのけぞっていたが、係長が見ると、はい、とはっきり頷いた。「では自分が」

周囲が「まあそれでもいいだろう」という雰囲気になっているのを見て取り、素早く「失礼します」と頭を下げて背を向ける。出ていく途中、滋野の聞こえよがしの嘲笑《ちようしよう》が追いかけてきた。「あいつ、もうダメだな」

立ち止まりたいのをこらえ、頭の中で滋野の金玉を七、八回潰《つぶ》すだけに留《とど》めた。まるで便所に急ぐようにそそくさと大会議室を出ながら、これでいい、と繰り返す。これは戦いだ。戻った後の周囲の目とか、あるかもしれない左遷とか、経歴の傷とか。そういったものも含めてこれは戦いだ。俺は今、沙樹さんのために戦っている。

静かな廊下のタイルの白。それを見て結婚式の時を思い出した。父親に言われた。何かあったらこの日のことを思い出せ、と。今がその「何かあった」時だ。結婚式の日、俺は誓った。この人を守ると誓った。今がその時だ。

終電近くの電車は何十分と待たされるため当てにならず、家まで直接タクシーで帰ることにした。こんな時だ。一万や二万は惜しくない。

玄関ドアを開ける前から家に明かりが点《つ》いているのは分かった。もどかしくポケットを探って鍵《かぎ》を出す。その音が聞こえたのか、中から足音がした。

ドアを開けたら沙樹さんが立っていた。予想外に平静な様子、と思ったら、さっと手で目元を拭《ぬぐ》った。

「ごめん」

「いい。……ただいま」

大きなお腹を挟んで、距離を測るように軽く抱きあう。

「こっちこそごめん。今まで帰るのが遅くて」

そう言った瞬間、沙樹さんが「あ」と漏らし、さっと体を離した。

自分の足元を見ているので何かと思ったら、寝間着の裾《すそ》が濡《ぬ》れていて、床にも小さな水溜《みずたま》りができていた。……これは。

「破水しちゃった」

「そっちからか」

意外ではあったが、その程度だった。ちゃんと予習している。分娩は大半がおしるし（軽い出血）→前駆陣痛（不規則な感覚の陣痛）→陣痛（十分に一回程度の規則的な陣痛）→子宮口全開大→破水→誕生→後産（胎盤の排出）と進行し、陣痛が規則的になった時点で病院へ移動、とされているが、これは通常、というより「典型例」に過ぎず、陣痛より先に破水する「前期破水」も一、二割はある。まだ週数が足りず量も少なかった場合は妊娠継続となることが多いが、量が多くて赤ちゃんが羊水の中から出てしまっていそうな場合、感染症のリスクがあるので陣痛促進剤を用いての分娩となる。なので破水したらすぐ病院に連絡、である。そういう知識はあったが、すぐには動けなかった。そうしているうちに沙樹さんは、立ったまま携帯で病院にかけていた。「……はい。ばしゃり、というほどの量ではなくて。……はい。一分前です」

タクシー呼ぶ、と声をかけて頷くのを確認する。沙樹さんが電話しながら浴室に引っ込んでいったのでどうしたのかと思ったら、バスタオルをずるずる引っぱって持ってきた。

座席を濡らさないためだろうが、落ち着きすぎてはいないか。いや、そんなものなのか。

4

宇宙人、とよく言われるが、「お年寄り」の印象の方が強い。それほどまでに目元の皺《しわ》が深くて大きい。「赤ちゃん」と呼ばれる理由も実物を見てみると明白で、肌が全身真っ赤である。切ったばかりの臍《へそ》の緒が黄色く縮んで畳まれている。エコー画像で見ていた通りすでにふさふさの髪の毛が湿ってくっついている。そして、軽い。ほとんどが体をくるんでいるタオルであって、中身はほんのちょっとだけ。しっかり包み込んでいないとコロリと転がって落ちてしまいそうだった。

七月十四日午前八時十四分、秋月蓮誕生。３１２２グラム。母子ともに健康。


「はーいじゃあお父さん、赤ちゃんよろしいですかー」

「あ、はい」

「にいえええええ」

「おー元気元気。じゃあもう一回おっぱいいってみようかー？」

「ええええええええ」

　声を出してくれるとほっとする。目を離すとそのまま呼吸を止めてしまいそうな、「やっと生きている」生き物である。沙樹さんが助産師さんから蓮くんを受け取って再び授乳を試みる。一回目より乳首に吸いつくのが上手になったようで、すぐに泣き声が止んだ。

　とにかく、産まれてくれた。昔のドラマなどでよくあった、夫が妻を抱きしめて「よくやった！」などと泣くシーンは、あれは間違いだと思う。産後最初に沙樹さんにかけた言葉は「お疲れ！」だったし、沙樹さんの言葉も「しんどー……」だった。それだけ順調な分娩《ぶんべん》だったということなのだろうが。

携帯が鳴っている。姉からである。俺は「家族に連絡をします」と言って分娩室を出る。看護師さんに「まだだったんですか？」と言われてしまった。看護師さんから見れば「お前ずっと暇だったんだからそのくらいさっさとやれよ」といったところなのかもしれない。実際、子宮口が開ききるまでの間、ひたすら沙樹さんの腰をさすっていた以降は、ほぼ突っ立って声をかけているだけで何もできなかった。沙樹さんは「いてくれるだけでだいぶ助かった」「一人にされるの不安すぎる」と言っていたから、役には立っていたようなのだが。

姉の声は弾んでいた。

――お、出られたってことは産まれた？

「ちょっと前に。母子ともに今のとこ順調」

――何より何より。写真ないの？

「ちょっと待って。蓮くんだけのはある。沙樹さんは『撮らないで』ってたから」

――あー、まあね。直後に親戚《しんせき》とかドカドカ入ってこられて、産後の壮絶な顔バシャバシャ撮られて拡散されたりとか最悪だよね。

「沙樹さんと話す？」

――できるなら早くそうしてよ。あと写真。今、あんたと話すのが一番意味ない。

ひどい扱いだが、まあその通りである。分娩室に戻り、看護師さんに確認してから沙樹さんの顔の近くに電話機を持っていく。

「うん。でも、廊下のむこうから叫び声が聞こえてさあ。あれが一番怖かった」

「本当にテニスボール置いてあるんだね。ハルくんに見せられるまで気付いてなかったけど」

「あれ麻酔してたんだよね？　痛いけど、すでにぐったりしてたから、その上に重ねて何かされても『好きにしてくれ』って感じで」

ぐったりしているのによく喋《しゃべ》るな、と携帯を支えながら思う。ついに本人はまだ喋っているのに、看護師さんに「そろそろいいですか？　お疲れですから無理しないように」と止められて再び分娩室を出る。「よく喋るな。ていうか姉ちゃん、専門でないのによく知ってるね」

――一応心配したんだよ？　医者の処置がおかしいこととかたまにあるんだよ。会陰部縫合に麻酔使わないとか、サディストみたいな奴がいたり。

「ああ、麻酔してたとかなんとか……」

言いかけて、あれ、と思った。今、頭の中で何か光った。

急いで探る。何が光った。どこで。そう。「すでにぐったりしてたから、その上に重ねて何かされても」――と、沙樹さんが言っていた。

……それだ。

――おーい。どした？　画像早く送ってね。

「姉ちゃん」

――おう。

姉の声色もすぐ変わった。こちらの変化に気付いたのだろう。

「法医学者としての見解が聞きたい」

――仕事？　何？

「うん」そう。仕事だ。急に閃《ひらめ》いたのだ。目崎昌彦殺害。その犯行時刻。アリバイのあった容疑者三人。だが、この方法なら。

「……今から俺が言う方法が、法医学的に可能か判断してほしい」

5

うちの姉は「カップラーメンなどに入っている謎の激辛スパイス」に似ている。

……というのを、学生の頃に思ったことがある。単に辛口だとか他人を刺激して騒がせるとかいった話ではない。辛いものは、どんな性格でどんな状態の人間も平均化してしまうからだ。甘いケーキもしょっぱい塩辛も、場合によってはシリアスになりうる。だが辛いものの前でシリアスで居続けることは不可能だ。辛みはすべての人間を生理のレベルに引きずり落とし、シリアスになっている自分を客観視させてしまう。辛みは支配者なのだ。うちの姉にはそういうところがある。かといって唐辛子や山葵《わさび》のような上品さはないので「カップラーメンなどに入っている謎の激辛スパイス」。本人に言ったら蹴《け》られそうではあるので言ったことはない。

田村建設社長、田村誠《まこと》氏の自宅リビング。昨日も訪れているし、ソファの座っている位置まで同じなのに、空気がまるで違った。姉が隣にいるせいだ。田村氏の孫の写真を見せてもらってデレデレしたり、着ているポロシャツのブランドについて喋ったり。ずっと一人で喋っているというわけでもないのに、姉がいる時点で終始姉のペースだった。そもそもここに来る時点で姉のペースだったのだ。俺が電話で目崎昌彦殺害のトリックについて訊《き》くと、姉はすぐさま担当監察医を呼び出して話を聞き、それをこちらに伝えてくると同時に「津田《つだ》さんと石蕗さんには話を通しておいたから」と言ってうちに来て、自分の車を俺に運転させて田村宅に乗り込んだ。俺は休日にしてもらったし姉は部外者なのに、どういう理屈で捜査員を差しおいて捜査対象者宅に乗り込む許可を取ったのか不思議議だが、まあこの人は、許可がないならないで勝手に乗り込むだろう。「津田さん」が管理官の名前であることにすら気付くのが遅れた俺は完全に姉のペースに流され、そのままここで田村氏と向きあっている。在宅のはずの奥さんはいない。「二階に上がってもらっている」のだという。

だが激辛スパイスが、ぼんやりしていた頭を正常に戻してくれることも往々にしてある。そう。確かに俺はぼんやりしていたのだった。申し訳ないが奈良岡さんも同様だ。

田村宅を見回して何も気付かなかったのだから。

前回訪ねた時、田村氏は、「午前中、娘さんが孫を連れて来ていた」と説明していた。違う。具体的に「一歳七ヶ月の子供が来ていた」と想像すると分かる。熱い蒸気を出すポットが床のあんな低い位置に置いてあった。指が入り危険な旧型の扇風機が出してあった。絶対に引っぱって落とすであろうテーブルクロスが敷いてあった。子供が簡単に手に取れるテレビ台の上の籠《かご》に「誤飲事故№1」の煙草が置いてあった。一つだけなら不自然と言うほどではなく、「孫が帰ったから元の位置に戻したんだろう」で済む。だがこれだけ重なると不自然だと言わざるを得ない。

つまり田村氏は嘘をついていた。出ていた靴ベラ。訪ねてきていたのは、赤ちゃん連れの娘ではなく、革靴を履いた別の誰かだ。

そして昨日の家の状態もおかしかった。こちらは事前に訪問を伝えていたのだ。専業主婦の、それもおそらくはヴェテランであるはずの田村氏の奥さんが、「来客」の時に「買い物に出ていて不在」は不自然だ。同じく専業主婦歴が長い母に電話で訊いてみたが、彼女曰《いわ》く専業主婦にとって来客とは「公式戦」のようなもので、よその人間に「この家の印象を見られる」緊張の場でもある。茶も出さずに不在にすることはありえないし、洗濯物も片付けないままだというのは相当ズボラだといえる、そうだ。そしてそれはリビングを見渡して感じるこの家の印象と違う。

なぜそうなったか？　田村氏が奥さんを意図的に外させたのだ。つまり田村氏は、捜査員の訪問と聞いて、奥さんに見られたくない状況が発生することを予想していた。

そして今、隣の姉が笑顔で言った。「あ、すいません。私、刑事じゃないんですよ」

田村氏の表情が変化する。姉は続けて言った。

「法医学者です。殺された目崎昌彦さんのご遺体の鑑定をしました」

田村氏は聞いた瞬間、びくりと反応した。そしてそれより決定的なことに、反応したことを隠そうとして目をそらした。

……正解だ。犯人はこの人だ。

おそらく姉もわざとやったのだろう。全く表情を変えないため推測でしかないが、隣の俺に田村氏の反応を見せるために。

「……ご遺体というのは、どんな関係者より雄弁で誠実な証人でしてね」姉は脚を組み、出されたコーヒーをゆっくりと一口、飲んだ。「私も法医学者として、何千何万というご遺体と対話をしてきたわけですが」

話を盛るな。「その口調何？」

「ノイズ入れんな。ああもう。やり直し。……ご遺体というのは、どんな関係者より雄弁で誠実な証人でしてね」姉は脚を組み、出されたコーヒーをゆっくりと一口、飲んだ。「私も法医学者として、何千何万というご遺体と対話をしてきたわけですが」

何やってんねんと思うが、睨《にら》まれたので今度は口を挟まないことにする。

「時々、出てくるんです。犯人が偽装しようとしたご遺体、というのが。……最も多いのが、縊頸《いけい》に見せかけた絞殺・扼殺体《やくさつ》——つまり首吊《くびつ》り自殺に見せかけた他殺ですね。あるいは事故での転倒に見せかけた撲殺。子供の不慮の窒息に見せかけた他殺体なども。……ですが」姉は組んでいた脚をほどき、田村氏を真正面から見据えた。「こんな偽装は初めてですよ。だからこそ担当した監察医も見落とした。まあ私は見抜いたわけですが」

気付いたのは俺だぞ、と言いたいのをこらえる。そういえばこの人は、どうして刑事である俺を差しおいて捜査対象者の向かいに座っているのだろう。

「特捜本部も偽装のにおい自体には気付いていました。ですがそれを『死亡推定時刻を偽装して、家族の誰かがアリバイ工作をした』という方向に解釈してしまった。違いました」姉は言った。「正しくは『凶器を偽装して、家族以外の人間では犯行不可能であるように見せかけた』ですね」

見立て通り、田村氏は嘘が下手なようだった。反応すべきでない単語にピンポイントで反応しすぎ、しかも「しまった、反応してしまった」という狼狽《ろうばい》が顔に出てしまう。どうやら、間違いはないようだ。なぜ姉が語っているのかは不明だが。

「当初からあなたは容疑の圏外にいました。その理由は『凶器が被害者宅の地下室にあった骨董品《こっとう》のダガーナイフであり、犯行時までにそれを入手できたのは家族くらいのものだ』という前提があったからです。ですがそれは『骨董品のダガーナイフの刃から被害者の組織片が検出された』と『被害者の胸の傷の形状がダガーナイフの形状と完全に一致した』という鑑定結果に基づいています。私ならこんなミスはしませんが、通常の法医学者なら『したがって凶器はここのダガーナイフである』と誤認してしまうのも無理はない」

厳密には、鑑定を担当した医師がそう誤認していたかどうかまでは分からない。「組織片」と「傷の形状」について事実を書いてあっただけで、誤認したのは特捜本部だ。

「つまり、そういうことですよ」姉がまた脚を組んで言う。組んだりほどいたり忙しい。「本当の凶器は地下室のダガーナイフではなく、それよりもっと刃の小さい別の刃物です。あなたはそれを使って被害者を刺殺した後、地下室のドアを破壊し、中にあった骨董品のダガーナイフを同じ傷にもう一度刺して傷口の形を上書きした。長くても数分以内のことですから、死後に刺したダガーナイフの方にも生前とほぼ変わらない痕跡《こんせき》が残ったし、新たに拡げられた傷口には多少の生活反応もあった」

おそらく田村は、被害者の家族関係が「そう良くない」ことを把握していたのだろう。地下室のダガーナイフが凶器だと思わせることができれば、家族だけが容疑者になる。アルバムを燃やした理由もただ単に「家族内の事情」だという印象を与えたかったからだ。だが田村には誤算があった。被害者の死亡推定時刻にはたまたま、目崎家の三人、全員にアリバイがあったのである。

田村は震えていた。唇が震え、目が泳ぎ、左手の甲に添えられた右手が力を込めたり緩めたりを繰り返している。

こちらは警察だ。推理を披露して反論を潰《つぶ》せば終わり、ではない。犯人に自供をさせ、公判を維持できるレベルの証拠を揃えなければならない。俺は言った。

「我々は実は、捜査本部員としてではなく個人的に動いてここに伺っています。勝手にそういうことをしているのは、捜査本部の人間が来る前に、話すべきことを話していただいた方がよいかと判断したからです」

取調の時にいつもやるやつだ。俺は「個人的には私はあなたに共感する」というトーンを前面に出して言った。

「田村さん。あなたは真面目な方に見えます。あなたが理由なく、あるいは自分の利益のためだけに殺人を犯すとはどうしても思えないんです。……目崎昌彦が殺されたのには、それなりの理由があるのではないですか？」

かちゃり、という落ち着いた音が予想外の方向からして、リビングのドアが開いた。田村敏子《としこ》、といっただろうか。田村の妻が無表情でリビングに入ってきた。「その話、私も聞きたいわ」

「おい」

田村誠は慌てたようだったが、田村敏子は立ち上がろうとする夫を手で制した。「私には聞く権利があるでしょう？　だいたい『二階に上がっていなさい』なんて、子供じゃあるまいし」

田村敏子は夫の隣に、ぴったりと体を寄せて座った。

「話して。あなたのことだから、よっぽどの理由があるんでしょう。信じるから」

田村誠は最初こそ驚いているようだったが、すぐに納得したような顔になって脱力した。あるいは妻のこういう性格をよく知っているのかもしれなかった。

実はこの時点で、田村誠の家に来ていたという来客の正体はある程度、推測ができていた。今朝の段階で、近隣住民から「週刊誌の記者らしき人間が来ていた」という証言があがっていたのだ。

田村誠の話はそれを裏付けるものだった。田村建設が請け負った複数の案件で手抜き工事の疑いがでていたのだ。だが問題はそれが田村建設だけでなく、目崎の勤める大手ゼネコンが発注した他の案件でも、他の下請が同じような手抜き工事をしていた、という点だ。つまり原因は下請ではなく、むしろ元請にあったようなのだ。週刊誌の記者はその取材で来ていた。

田村誠は話した。目崎の勤める大手ゼネコンは、社長が代わってから下請に対する要求が厳しくなり、それは十数年前からすでに「厳しい」を通り越して「無理」、さらには明確な「下請いじめ」に達していたらしい。

「あそこは社長が代わってからひどくなりました」田村誠は床を見たまま言った。「コストカット、コストカットで……工期も、費用も、しわ寄せはみんな下請にかぶせるようになった。何度も抗議しました。こんな短期では無理だ。資材も人も用意できない。これではやっていけない――と。目崎は一度も聞く耳を持たなかった。『条件は変えられない』と言うだけで。まともな工事はできない、と言ったら、あんたの言う『まとも』とは何だ、と言われて。受けられないなら、け、契約を切る、と。おたくの社員の生活はどうなるんだ、と」

田村誠は両手で顔を覆い、肩を震わせる。敏子がその背に手を添える。母親の手つきであり、誠は顔を覆ったまま嗚咽《おえつ》を漏らした。

「やってしまったんです。……ずっと。ずっと真面目にやってきたのに。親父から言われていたのに。いい仕事をしていれば、いい気持ちで頑張れて、い、いい縁ができて……」

嗚咽で言葉が途切れる。俺たちは黙って待った。俺は話の内容を頭の中で反芻《はんすう》しながら。姉は無表情で腕を組んで。田村敏子は夫の背中を同じリズムでさすりながら。

長い間、田村誠は泣いていた。だが、俺たちが待っていることに気付いたのか、いきなり大きく息を吸い、吐き、顔を両手で何度も拭《ぬぐ》った。

「近所のビルにもあるんですよ。そうやって建てたのが。とっくにテナントが入っていて、何も知らずにそこで生活している。……気になって入ってしまうんです。そうしたら、明らかに床が傾いてて。支持杭《しじぐい》が支持層に届いてないんです。うちがやったんですよ。『そのビルは危険だから逃げてください』と言いたかった。……いずれバレる。目崎にそう言いにいったんです。そうしたら『もしそうなったら、元請としても責任を追及する』と」

それまで「被害者」の顔で泣いていた田村誠の目に、初めて攻撃性が宿ったように見えた。

「目崎は笑ったんですよ。『今更、職人面をするな』って……」

田村誠は話した。カッとなって、台所にあった果物ナイフで刺した。だがこのままではバレると思い、地下室のダガーナイフで「刺し直し」た。果物ナイフは持ち帰ったが、おそらく目崎家の人間は、まだ果物ナイフが一本なくなっていることに気付いていないだろう――。

田村誠は壁を見た。孫の写真を見たかったのか、たまたま目をそらしたところに孫の写真があったのかは分からない。

「……孫がね。最近喋《しゃべ》るんです。じいじがビルなんかを造っている、っていうのを理解しているか、外に出るとビルを指さしては『じいじ！』って。嬉《うれ》しそうに」

田村誠は、長い溜《た》め息を吐いた。無理に息を吐いたのか、少し咳《せき》をした。

「……手抜きの仕事をしていただなんて、子供たちにどう説明すればいいか……」

姉が言った。「あんたが気にするべきは、そこじゃないと思うけどね」

今となっては、確かにそうだった。仕事柄、犯罪者は山ほど見てきた。その半分くらいは「そんなことをする前に、なぜ然《しか》るべきところに相談しなかったのか」と言いたくなるものばかりだった。強盗犯の中にもそういうのが多かった。なぜ弁護士に相談しなかった。なぜ自己破産を、生活保護の申請をしなかった。田村誠にもそう言いたかった。

だがもちろんそれだけではない。この男は被害者の家族に罪を着せようともしていたのだ。

なぜそんなことをした。そう言いたかったが、こらえた。いつものことだからだ。

なにせ俺は非番であり、手錠も何も持っていない。加えて警察官でも何でもない姉もいる。俺たちはもうすぐ捜査員が来ることを告げて田村宅を辞した。妻もいて、「社員の人たちのことは社長代理に任せて」と言っていたから、逃亡の危険はないだろう。それに係長から連絡を受けたのだろう特捜本部の動きは速く、田村宅の門扉を閉じたところですぐそこに車両が停まり、捜査員が降りてきた。三強のヴェテラン主任と、四係の滋野だった。

「……おい。どういうことだ」

滋野は三白眼で俺を睨《にら》み上げる。

「係長の指示の通りです。田村誠が犯人で、今なら完落ちです。身柄、取ってください」

滋野が胸倉を摑《つか》んできた。「だからそれがどういうことかと訊《き》いてるんだ！」

その手を摑んで外す。関節は極《き》めないが、握力で圧をかけた。

「黙って従えばいい。不満か？」握力を強める。「大物に手錠かける大役が嫌だってんなら、かわりにやってやろうか」

滋野は歯ぎしりをし、俺の手を振り払った。「どけ。入る」

「あんたが避《よ》けて入れよ」

「くそが」

主任が滋野の背中を強く叩《たた》く。滋野は声にならない唸《うな》りのようなものを漏らしていたが、主任に背中を押されて横に避けると、そのまますかずかと田村宅に踏み込んでいった。

俺も姉に背中を叩かれ、歩き出す。家に帰り、沙樹さんに頼まれたものを取って病院に行く。産後の沙樹さんと、生後一日の蓮くんが待っている。

※

なぜ急に昔のことを思い出したのだろう、と思ったが、そういえばそろそろ人事から連絡が来るはずなのだった。捜査一課に「時短勤務」を受け入れる体制ができたかどうか、の「最終結果」だ。できたならば捜査一課復帰だし、できなかったのなら事務方で、あの事件が「勤務時間中に最後に関わった事件」になるかもしれないのだった。俺個人の希望はもちろん復帰だが、どちらにしても自分の仕事をするだけだった。育休の延長ももうしない。

蓮くんは短い脚をガニ股《また》気味によいしょよいしょと動かしながら、よちよち歩きで姉と沙樹さんの間を往復している。姉のところまで歩いては松ぼっくりを「どうぞ」。今「どうぞ」したのに松ぼっくりを要求し、それを受け取ると今度は沙樹さんのところまで歩いて「どうぞ」。たったそれだけの永久運動を「きゃ」「へ」と笑いながら続けている。大好きな大人が二人して自分の相手をしてくれることも、物を差し出すと相手が受け取ってくれることも、それ以前に自分の足で行きたいところまで歩いていけることも、嬉しくて仕方がないのだろう。最近は全くハイハイをしなくなり、ベビーカーに乗せようとするだけで泣いて抗議するようになった。ご意向は尊重したいがどこに行くにも歩こうとされては移動速度が1㎞/hになってしまい、これはこれで大変である。だがそのおかげか最近、破裂するんじゃないかというぐらいムチムチのパンパンだった蓮くんの顔がちょっとシュッとしてきている。子供は全方位的に大きくなるのではなく、「横に膨らむ」→「縦に伸びる」の繰り返しで成長するようだ。

　芝生の丘に風が吹き渡る。今日は日差しこそ強いが適度に風が吹くため耐えられないほどの暑さではなく、テントを張って頑張る家族連れもちらほらいた。

　もうあれから一年以上が経ったのだ。あっという間だった一方で、昨年のことが遠い昔のようにも感じられる。この一年の情報量が多すぎるのだ。その間に俺も成長した。蓮くんが産まれた当時の自分を思い出してみると、いかに認識が甘かったかが分かって忸怩《じくじ》たる気持ちになる。妊娠を経た母親は妊娠中から強制的に母親の自覚に目覚めさせられるが、父親はぼんやりしていると一生芽生えないままだ。人間を一人育てること。

いが。


その命を、人生を背負うこと。自分にそこまでの覚悟があるのかどうかはまだ分からな
「きゃ……ぱーぱ。じょ！」

蓮くんがこちらに来て松ぼっくりを差し出してくるので膝《ひざ》をつき、「ありがとう」と言って受け取る。返そうとしたらなぜか横を向いて「ぶーぶ！」と指さした。下に見える駐車場から青のフィットが発進したところだった。遠くてよく見えないがおそらく大宮《おおみや》530し60－16。まずナンバーを見てしまう警察臭い癖は育児をしてもそのままだ。

蓮くんは車が好きで、動く車を見ては指さし「ぶーぶ」と言う。今度は「い！」と言った。駐車場の外にミニパトが停まっているのだ。パトカーも好きで、とりあえず区別できたことを褒めたが、蓮くんは「いーし！」と指さしている。確かに区別できているが、「ぱ」でないということは。

「……蓮くん、ひょっとして『PC』って呼んでる？」

蓮くんはこちらを見て、こっくりと頷《うなず》いた。おお頷いたぞ、と思う。拒否や否定の意味で首を振るのは覚えたのだが、肯定の意味で頷いたのは初めてだった。そうかそうかー、とリアクションを返しつつ沙樹さんを呼ぶ。「今、蓮くんが頷いた」

両手をバンザイして催促してくるので抱き上げる。本当に重くなったと思う。それこそ、最初の頃は片手どころか「掌《てのひら》」で持てたのに、今はちゃんと腕全体を使って気を張らないとずり落ちる。一年余りで俺の筋力が衰えたのだろうか。それは怖い。

ポケットの中が振動している。電話が鳴っているのだ。沙樹さんが、降ろそうとするのを拒否してしがみつく蓮くんを引きはがして抱っこを代わってくれる。離れて「通話」をタップする。係長だった。小声になりながら出る。

――よう吉野。お前なんとか捜一、戻れそうだぞ。時短制度の整備が間に合う。

報《しら》せはあっさりと来て、うっかり俺の体を通り過ぎそうだった。「……そうですか。ありがとうございます」

――正直、最初は微妙なとこだったんだがな。現場の声を拾って集めた。

係長はあっさりと言うが、この人は大変だった時ほどそうなる癖があるので、かなり骨を折ってくれたのかもしれなかった。「現場、ですか？」

――育休前から色々やっただろう。その時に関わった奴らが口を揃えて復帰を支持してくれたんだ。三強の斎藤さん覚えてるだろ？

「はい」

――藤原西署の柳本《やなぎもと》さんに四係の絹山《きぬやま》、組対の久木原《くきはら》さんに南署の茶木さんと青枝さん、それに大原署の奈良岡さんもな。みんな支持してくれたよ。茶木さんなんか鼻息荒くして「絶対に戻すべきです」って訴えてたらしい。まあ警視庁の渋沢管理官が警察庁の方に話題を振ってくれて、警察庁から県警に「どうなっているんだ」って問い合わせがきたのがでかいらしいが。

その管理官については面識がないが、他の人たちの顔はよく覚えている。応援してくれたのだ。皆が揃って。

係長は言った。

――「時短刑事」誕生だな。

俺たちの勝ち。係長の声がそう言っていた。

――吉野春風巡査部長。来月から時短勤務にて県警本部捜査一課第七強行犯捜査四係への復帰を命ずる。

俺も言った。

「拝命します！」

あとがき

あとがきです。『育休刑事』無事に続編を出すことができました。厚くお礼申し上げます。続編を出したいけど前作が特に売れていないから出せない、という本も世の中にはたくさん埋もれておりまして、それら埋もれた本の怨念《おんねん》は上に積み重なっていく同様の本の重みにより長い年月をかけて圧縮され濃縮され、化石化して綺麗《きれい》な結晶になります。本念石（学術的にはCGDB=crystallized grudge of discarded books「打切本怨念結晶」）というやつで、近年これを採掘して精製、燃やすことでCO_2排出の少ない新たなエネルギー源とする研究が日本でも盛んになってまいりましたが、本念石は化石のように見えるだけで実際にはまだ生きていますから、ふとしたきっかけで封印が解かれますと怨嗟《えんさ》と自責と嫉妬《しっと》と承認欲求の瘴気《しょうき》を撒《ま》き散らしながら進路上のあらゆるものをじっとり腐らせぐずぐず崩壊させつつ出版社の本社ビルを目指す黒っぽい怪物が出ます。太陽光とか風力を進めた方がいいと思いますが、こうした「その時点では一見役に立たなそうな研究」が後の大発見につながったりするわけで、簡単にやめるべきとは言いにくいものもあります。ゴミが資源になるように怨念だってエネルギー源になるんですね。

おかげさまで初登場時三ヶ月だった蓮《れん》くんもよちよち歩きを始め、言葉でのコミュニケーションができるようになってきました。まあ二冊目を出すまで数年かかったためうちの息子の方は五歳になってしまっており、こちらは日々質問攻めに遭っております。「どうして空は青いの？」「どうしてお金は大事なの？」「生き物ってなに？」頑張って全部答えておりますし、分からない場合は「それは知らないなあ。検索してみよう」で検索しておりますが、しかしこの「〇〇ってなに？」というタイプの質問はシンプルでありながら答えるのが大変です。「ミステリってなに？」「『乳製品』ってなに？」「気圧ってなに？」「故郷ってなに？」「『暗い』ってなに？」。……ものの定義を説明する、という行為はそもそも難しいのですが、

「ライバルってなに？」

これはかなり困りました。「大鵬《たいほう》と柏戸《かしわど》みたいな」古すぎです。「アムロ・レイとシャア・アズナブル」知らんでしょう。「サンドウィッチマンの伊達《だて》と富澤《とみざわ》」あれはコンビです。幸いなことに今では『名探偵コナン』にはまっているので「コナンと怪盗キッド」で伝わるようになったのですが、シンプルな質問ほどちゃんと答えるのは難しいようです。とはいえ子供の質問攻めは好奇心の発露で、将来の知的好奇心の有無がここで決まるかもしれないのでこちらも必死です。「なぜ静電気は起きるのか」「体で一番大事なのはどこか」「宇宙の非対称性は何によって生じたのか」「2よりも大きなすべての偶数は2つの素数の和で表すことができるのか」なんでも即答できるようになっておかなければなりません。親って大変ですね。

しかし最も難しい質問は
「○○くん（自分）はどうしてかわいいの？」
でした。なんでだろう。そもそも「かわいい」って何だろう。
考えてみれば人間の感覚のうち「かわいい」ほど不可解なものはないのです。ウサギが怖いという人もいればボウフラがかわいいという人もいます。「ハムスターの動きが速いのが怖い」という人もいれば「ヤマビルが無心に血を吸う姿がかわいくてついつい腕を差し出してしまう」という人もいます。芋虫に対して「気持ち悪い」と「かわいい」を同時に感じる人もいれば水族館で泳ぐマグロを見て「かわいいなあ。うまそうだなあ」と同時に考える人もいます（私です）。「かわいい」のメカニズムは不思議です。モフモフならかわいいかというとそうでもなく、学術的なモフモフ度の評価基準であるBフリーゼ式スケールで+16.5mofを超えるクマバチや+35mof以上を誇るクスサンの幼虫（毛虫）があまりかわいいものとして扱われない一方、+2.5mof程度のフンボルトペンギンや-8.5mof以下のマナティーはかわいいかわいいと言われます。そもそも、しばしば「一番かわいいもの」として挙げられる「人間の赤ちゃん」はスベスベのモチモチであり+0.5mof程度しかないのです。ちなみにマナティーは実物を見るともう「優しさとかわいさの極限」みたいな動物なので未体験の方はぜひ一見をおすすめいたします。東日本なら熱川《あたがわ》バナナワニ園（静岡）、西日本なら鳥羽《とば》水族館（三重）や新屋島《しんやしま》水族館（香川）、または沖縄の美《ちゅ》ら海《うみ》水族館で会えます。本当にマナティー、あれほどかわいければあちこちでキャラクター化されていておかしくないはずなのに、現実ではマナティーのキャラクターなどほとんど見ず、愛され具合でクジラやアザラシに負けているのが不思議議です。個人的な推測ですがたぶんマナティーがキャラにならないのは、もともとデフォルメされたかのような顔と体なせいで「キャラ化のしがいがない」からじゃないでしょうか。短い手（ヒレ）をお腹にくっつけてかしこまっているような仕草など悶《もだ》えるほどかわいいのですが。

とはいえ手足が短いほうがかわいいかというとそうでもないようです。たとえばダックスフントやトイプードルなどはそのあたりが魅力だと言われますし、ペンギンがよちよち歩きをしている[*1]とかわいいかわいいと言われるのも短い脚で頑張っているように見えるからでしょうが、短い脚があんなにいっぱいついているのにムカデやヤスデはかわいいとは言われませんし、脚が短いどころかまったくないのにナメクジやミミズもあまりかわいいとは言われず、唯一かわいいもの界のはしっこに食い込めているカタツムリのチャームポイントは「殻」の方です。ではたとえば一所懸命な感じがある方がかわいいとかでしょうか。でも生きるために一所懸命に跳ね回って共食いまでするカマドウマよりだらあんと寝ている飼い猫がかわいいと言われることに説明がつきません。なんかドジな方がかわいいのでしょうか。たしかに「かわいい動物動画」みたいなもので検索

＊1　有名な話だがペンギンの脚は実は長い。「ペンギン　骨格」で検索を。

してみるとドジ猫やドジハムスターの動画がたくさん出てきますが、裏返しになってジタバタするドジセミや垂直面を登ろうとして何度も落っこちるドジアリは特にかわいいとは言われません。[*2] 目が大きいのがかわいいというなら頭部に比して巨大な複眼を持つガやトンボがそんなにかわいくない説明がつきませんし、無防備に寝ている姿がかわいいというなら冬、枯れ木の中でビッシリ集まって眠っているサシガメ[*3]がかわいいどころかぞっとする理由がわかりません。かわいいとは何でしょうか。どういうことでしょうか。庇護《ひご》欲をそそる弱さ？ でも人間よりはるかに強いシロクマやイルカはとてもかわいいです。人間が大好きで寄ってくるところ？ 寄ってくるヤブ蚊やエキノコックスには恐怖しかありません。

　ですが、この「かわいい」の謎を解くカギが人間の赤ちゃんにある気がするのです。子供や孫ができるまでは子供嫌いで「うるさいもの」「腹の立つ生き物」扱いしていた人が、子供や孫ができたとたんにデレデレになって別人格を出現させる話はよく聞きますよね。私も高校時代、先輩の子供を見せてもらうまでは「なぜ動物の赤ちゃんはかわいいのに、人間の赤ちゃんは特にかわいくないのか」と思っていました。自分にかかわりがないうちは嫌いだったのに、いざ自分にかかわりができるとかわいいというわけで、つまるところ「かわいい」かどうかは外見や能力といった対象物の性質だけで決まるものではなく、対象物と自分との関係性が大きく影響しているようなのです。相手の立場になって感情移入すればするほどかわいくなる。そういえば以前、ｉＺｏｏ[*4]でニシキヘビを抱っこさせてもらったことがあるのですが、正直それまでは「ヘビ類は目こそかわいいけど体がうにょーん、ズルズルって長く伸びて這《は》いまわる姿はあんまり……」と思っていたのに、いざ抱っこさせてもらうとうにょーんと長い体で「必死に巻きついてきている」と感じた瞬間たまらなく愛《いと》おしくなり、スタッフの方が予言していた通り簡単にデレさせられてしまいました。ちょろいもんです。そう考えるとチスイビルだって飼育して血を吸わせているうちに[*5]かわいく……なるのでしょうか……。でもペットとしてヒルを飼う愛好家はけっこういるのです[*6]。

*2　それどころかセミなどは「うら側を見せるな」とマナー違反のごとく言われる。イヌやネコが腹を見せている姿は愛されるのに、ゴミムシやヒトデやシイタケが同じことをするとマナー違反とされるのは不憫《ふびん》である。

*3　シュッとしたシルエットのカメムシみたいな昆虫。動物に口吻《こうふん》を突き刺して体液を吸う。日本にいる種が人間を刺すことはほとんどないが、中南米にいる特定の種は人間に寄ってきて吸血する上にシャーガス病を媒介するので大変怖い。

*4　東伊豆《ひがしいず》にある「体感型動物園」。爬虫類《はちゅうるい》の展示が充実しており、ヘビを抱っこしたりできる。

*5　衛生上の問題もあるのであまり奨励はされない模様。

*6　アイドルの中川翔子《なかがわしょうこ》さんなどが有名。「キモス」と書きつつブログに写真を上げたりしている。

なんとなく文章がぅにょぅにょしてきたので、かわいいの探究はここまでにします。お世話になりましたKADOKAWAの担当F氏、H氏、蓮くんの微妙な成長を丁寧に描いて下さいましたツルリンゴスター先生、そして校正担当者様、あと生資料をくださいましたうちの息子氏、ありがとうございました。印刷・製本業者様、今回もお世話になります。著者のいいかげんな原稿をきっちりと「商品」のレベルに引き上げてくださり、ありがとうございます。KADOKAWA営業部の皆様、取次・配送業者の皆様、いつもありがとうございます。今回もよろしくお願いいたします。そして全国書店の皆様。いつもありがとうございます。一冊でも多く売れるよう本念を込めておきますので、よろしくお願いいたします。

また当然のことながら、息子を保育園に預けられなければ本作の制作はできませんでした。プロの技で一瞬にして子供を泣き止ませたり、月ごと季節ごとに家庭では無理な楽しいイベントを用意してくださる保育士の先生方、まことにありがとうございました。

そして本書を手に取ってくださいました読者の皆様に、厚くお礼を申し上げます。蓮くんがおっさんになるまで（いつかはなる！）シリーズを続けたいものです。がんばります。

令和五年二月

似鳥　鶏

Twitter:https://twitter.com/nitadorikei

Blog「無窓鶏舎」:http://nitadorikei.blog90.fc2.com/

似鳥鶏 著作リスト

（※2023年4月現在）

似鳥鶏　著作リスト

『理由あって冬に出る』	創元推理文庫	2007年10月
『さよならの次にくる〈卒業式編〉』	創元推理文庫	2009年 6月
『さよならの次にくる〈新学期編〉』	創元推理文庫	2009年 8月
『まもなく電車が出現します』	創元推理文庫	2011年 5月
『いわゆる天使の文化祭』	創元推理文庫	2011年12月
『午後からはワニ日和』	文春文庫	2012年 3月
『戦力外捜査官 姫デカ・海月千波』	河出書房新社	2012年 9月
	河出文庫	2013年10月
『昨日まで不思議の校舎』	創元推理文庫	2013年 4月
『ダチョウは軽車両に該当します』	文春文庫	2013年 6月
『パティシエの秘密推理 お召し上がりは容疑者から』	幻冬舎文庫	2013年 9月
『神様の値段 戦力外捜査官』	河出書房新社	2013年11月
	河出文庫	2015年 3月
『迫りくる自分』	光文社	2014年 2月
	光文社文庫	2016年 2月
『迷いアルパカ拾いました』	文春文庫	2014年 7月
『ゼロの日に叫ぶ 戦力外捜査官』	河出書房新社	2014年10月
	河出文庫	2017年 9月
『青藍病治療マニュアル』	KADOKAWA	2015年 2月
改題『きみのために青く光る』	角川文庫	2017年 7月
『世界が終わる街 戦力外捜査官』	河出書房新社	2015年10月
	河出文庫	2017年10月
『シャーロック・ホームズの不均衡』	講談社タイガ	2015年11月
『レジまでの推理 本屋さんの名探偵』	光文社	2016年 1月
	光文社文庫	2018年 4月

『家庭用事件』	創元推理文庫	2016年 4月
『一〇一教室』	河出書房新社	2016年10月
『シャーロック・ホームズの十字架』	講談社タイガ	2016年11月
『彼女の色に届くまで』	KADOKAWA	2017年 3月
	角川文庫	2020年 2月
『モモンガの件はおまかせを』	文春文庫	2017年 5月
『100億人のヨリコさん』	光文社	2017年 8月
	光文社文庫	2019年 6月
『破壊者の翼 戦力外捜査官』	河出書房新社	2017年11月
『名探偵誕生』	実業之日本社	2018年 6月
	実業之日本社文庫	2021年12月
『叙述トリック短編集』	講談社	2018年 9月
	講談社タイガ	2021年 4月
『そこにいるのに』	河出書房新社	2018年11月
改題『そこにいるのに 13の恐怖の物語』	河出文庫	2021年 6月
『育休刑事』	幻冬舎	2019年 5月
	角川文庫	2022年 8月
『目を見て話せない』	KADOKAWA	2019年10月
改題『コミュ障探偵の地味すぎる事件簿』	角川文庫	2021年12月
『七丁目まで空が象色』	文春文庫	2020年 1月
『難事件カフェ』	光文社文庫	2020年 4月
『難事件カフェ2 焙煎推理』	光文社文庫	2020年 5月
『生まれつきの花―警視庁花人犯罪対策班』	河出書房新社	2020年 9月
『卒業したら教室で』	創元推理文庫	2021年 3月

『推理大戦』	講談社	2021年　8月
『夏休みの空欄探し』	ポプラ社	2022年　6月
『小説の小説』	KADOKAWA	2022年　9月
『名探偵外来　泌尿器科医の事件簿』	光文社	2022年 12月
NEW! 『育休刑事　（諸事情により育休延長中）』	角川文庫	2023年　4月

本書は書き下ろしです。

育休《いくきゅう》刑事《デカ》

(諸事情《しょじじょう》により育休延長中《いくきゅうえんちょうちゅう》)

似鳥《にたどり》 鶏《けい》

令和5年 4月25日　初版発行

発行者●山下直久

発行●株式会社KADOKAWA
〒102-8177　東京都千代田区富士見2-13-3
電話　0570-002-301(ナビダイヤル)

角川文庫 23625

印刷所●株式会社暁印刷
製本所●本間製本株式会社

表紙画●和田三造

ISBN 978-4-04-113474-0　C0193

◇◇◇

角川文庫発刊に際して

角川源義

　第二次世界大戦の敗北は、軍事力の敗北であった以上に、私たちの若い文化力の敗退であった。私たちの文化が戦争に対して如何に無力であり、単なるあだ花に過ぎなかったかを、私たちは身を以て体験し痛感した。西洋近代文化の摂取にとって、明治以後八十年の歳月は決して短かすぎたとは言えない。にもかかわらず、近代文化の伝統を確立し、自由な批判と柔軟な良識に富む文化層として自らを形成することに私たちは失敗して来た。そしてこれは、各層への文化の普及滲透を任務とする出版人の責任でもあった。

　一九四五年以来、私たちは再び振出しに戻り、第一歩から踏み出すことを余儀なくされた。これは大きな不幸ではあるが、反面、これまでの混沌・未熟・歪曲の中にあった我が国の文化に秩序と確たる基礎を齎らすためには絶好の機会でもある。角川書店は、このような祖国の文化的危機にあたり、微力をも顧みず再建の礎石たるべき抱負と決意とをもって出発したが、ここに創立以来の念願を果すべく角川文庫を発刊する。これまで刊行されたあらゆる全集叢書文庫類の長所と短所とを検討し、古今東西の不朽の典籍を、良心的編集のもとに、廉価に、そして書架にふさわしい美本として、多くのひとびとに提供しようとする。しかし私たちは徒らに百科全書的な知識のジレッタントを作ることを目的とせず、あくまで祖国の文化に秩序と再建への道を示し、この文庫を角川書店の栄ある事業として、今後永久に継続発展せしめ、学芸と教養との殿堂として大成せんことを期したい。多くの読書子の愛情ある忠言と支持とによって、この希望と抱負とを完遂せしめられんことを願う。

一九四九年五月三日

角川文庫ベストセラー

育休刑事《デカ》
似鳥鶏

捜査一課の巡査部長、事件に遭遇しましたが育休中であります！　男性刑事として初めての1年間の育児休暇中、生後3ヶ月の息子を連れているのに、トラブル体質の姉のせいで今日も事件に巻き込まれ——!?

きみのために青く光る
似鳥鶏

青藍病、それはそれぞれの心の不安に根ざして発症する異能だ。力を発動すると青く発光するという共通点以外、能力はバラバラ。思わぬ力を手に入れた男女4人は、危険な事件に巻き込まれることになるが……。

彼女の色に届くまで
似鳥鶏

画家を目指す僕こと緑川礼は謎めいた美少女・千坂桜に出会い、彼女の才能に圧倒される。僕は千坂と絵画をめぐる事件に巻き込まれ、その人生は変化していく——。才能をめぐるほろ苦く切ないアートミステリ！

コミュ障探偵の地味すぎる事件簿
似鳥鶏

藤村京はいわゆるコミュ障。大学入学早々、友達作りに出遅れ落ち込んでいると教室に傘の忘れ物を見つける。だが、人と話すのが苦手な藤村は忘れ物をした状況を1人で推理して持ち主に届けようとするが!?

行きたくない
加藤シゲアキ・阿川せんり・渡辺　優・小嶋陽太郎・奥田亜希子・住野よる

人気作家6名による夢の競演。誰だって「行きたくない」時がある。幼馴染の別れ話に立ち会う高校生、生徒の愚痴を聞く先生、帰らない恋人を待つOL——それぞれの所在なさにそっと寄り添う書き下ろし短編集。

角川文庫ベストセラー